全民微阅读系列

榕树花开

孙晓燕 著

江西高校出版社

图书在版编目(ＣＩＰ)数据

榕树花开/孙晓燕著. —南昌:江西高校出版社,2017.9(2020.2重印)

(全民微阅读系列)

ISBN 978-7-5493-5872-4

Ⅰ.①榕… Ⅱ.①孙… Ⅲ.①小小说—小说集—中国—当代 Ⅳ.①I247.82

中国版本图书馆 CIP 数据核字(2017)第 215552 号

出 版 发 行	江西高校出版社
社　　　　址	江西省南昌市洪都北大道96号
总编室电话	(0791)88504319
销 售 电 话	(0791)88592590
网　　　　址	www.juacp.com
印　　　　刷	永清县晔盛亚胶印有限公司
经　　　　销	全国新华书店
开　　　　本	700mm×1000mm　1/16
印　　　　张	13.5
字　　　　数	180千字
版　　　　次	2017年10月第1版 2020年2月第2次印刷
书　　　　号	ISBN 978-7-5493-5872-4
定　　　　价	36.00元

赣版权登字-07-2017-1029

版权所有　侵权必究

图书若有印装问题,请随时向本社印制部(0791-88513257)退换

目录

CONTENTS

梦里许仙　　/001

刀杆节　　/004

旅途　　/007

没有情人的情人节　　/010

病牙　　/013

搭车　　/016

黑哥　　/019

响螺　　/022

夜车　　/025

下雪的日子　　/028

榕树花开　　/031

邻居　　/035

贵妇人　　/039

阿布　　/042

走错了房间　　/044

健身伙伴　　/048

健身房里的肌肉男　　/051

呼吸　　/052

生活可以更美好　　/056

小肥肥和她的男友　　/058

阴郁的眼睛　　/061

更衣室里的目光　　/063

蛊女　/066

小寒　/070

翡冷翠的一夜　　/073

大海深处　/076

心脏的秘密　/078

紫萼　/081

红线　/084

暗恋　/086

兔子迷路了　　/089

外婆桥　/092

异香　/095

小五　/097

首付　/100

疗伤　/103

氧气　/105

两棵银杏树　　/108

斗猪　/111

周末开往北京的火车(一)　　/114

周末开往北京的火车（二） /115

周末开往北京的火车（三） /117

周末开往北京的火车（四） /120

周末开往北京的火车（五） /122

周末开往北京的火车（六） /125

周末开往北京的火车（七） /127

旅伴 /128

候车室 /131

大榕树下 /133

爱情花 /135

欺骗 /138

转让 /141

收信 /143

出走 /146

炒土豆丝 /148

牵手 /151

冥想 /154

生日礼物 /156

早点 /158

钰琪 /161

"咕咕"的应答　　/164

秋天有落地雷　　/166

自首　　/168

静静的湖水　　/171

像三姑　　/174

一枝红玫瑰　　/176

工资涨了一倍　　/179

房子　　/180

50块大洋　　/182

日记　　/185

今年冬天不冷　　/188

黑名单　　/191

雾纹　　/194

谁动了我的QQ号　　/197

中国最优秀的母亲　　/201

自行车换楼房　　/203

玉芝和小英　　/205

仕女图　　/208

梦里许仙

彤果儿七八岁时，家里贴了一张年画。每天睡前她都站在床头，对着年画看了又看。躺在床上，直到睡意蒙眬，她还在想那张画。

那张年画里画了一个白衣小生，手拿一把油纸伞站在桥上，眺望远处雾蒙蒙的山水。他肤色白皙，双唇红润，狭长的眼眸似朝露一样清澈，五官清秀中带着一抹俊俏，帅气中又带着一抹温柔。

光阴就像流水，彤果儿过了三十岁还是单身。她表妹在杭州的相亲会上，定下了一个不错的男朋友。母亲很羡慕，自作主张给女儿也报了名。

彤果儿禁不住母亲的唠叨，去了杭州。相亲会上每个人都带着一个牌子，上面写着年龄、职业。几个小时过去了，彤果儿觉得自己像是超市里的蔬菜水果一样，被人挑来捡去。

相亲会没有结束，彤果儿就离开了会场。她去了西湖。西湖岸边垂柳依依。一阵暖风吹过，大片的荷叶层层叠叠，像是一把把翠绿的伞。

彤果儿有些累了，坐在断桥边的长凳子上休息，渐渐就有了睡意。雨丝飘来，西湖烟蒙一片。彤果儿发觉身边有一个人，转过身来看，一个白衣年轻人坐在她身旁，手里撑着一把伞。雨伞倾斜在彤果儿一侧。

彤果儿又看了看年轻人,他肤色白皙,双唇红润,狭长的眼眸似朝露一样清澈……彤果儿觉得这个人似曾相识,又想不起在什么地方见过。

两个人望着轻烟细雨中的断桥,都没有说话。微凉的雨丝斜斜的,青年的衬衣有些湿了。彤果儿把伞又倾向白衣青年一侧,彤果儿的衣服又被淋湿了。谦让了几次之后,两个人靠得近了些,肩碰肩地靠在一起。

湖面传来了歌声:

> 是谁在耳边 说 爱我永不变
> 只为这一句 啊哈断肠也无怨
> 千年等一回 我无悔啊……

雨滴轻敲了荷叶滴入西湖,在湖中轻扣出圈圈波纹。彤果儿的心里也发出咚咚的声响。她想对年轻人说些什么,嗓子却发不出声音。

雨渐渐地停了,年轻人起身收起伞。他转过头来,对着彤果儿笑笑,就在那一刹那,彤果儿的眼前闪过一道亮光。她想起来了,他就是自己小时候床头年画上的那个人。那一道亮光也让彤果儿明白了,年画中站在桥头、手拿油纸伞的小生,就是这断桥上的许仙。

就在彤果儿凝神的瞬间,年轻人已经走远了。彤果儿猛地发觉他们可能就这样错过了彼此。彤果儿大声地呼喊,却喊不出来。正在着急,她睁开了双眼。彤果儿发觉这是自己做的一个梦。

彤果儿看看四周,确实是刚刚下过雨。眼前的花草、树木、山峦都缀上了亮闪闪的水珠。

彤果儿不能从刚才的梦境中走出来,心里有些疼。她宁愿相信白衣青年真的来过。要是刚才能多停留一秒,彤果儿也不想让他消失在人群里。

西湖边,彤果儿一面看水,一面想念那个年轻人。为了寻找梦中人,她又请了三天假。

最后一天下午,就要离开杭州了。彤果儿在湖边看到一个画师正在写生,他的身边放着几幅画,其中一幅,不是素描也不是水彩,是一张年画,画的是一个白衣青年和一个长发女孩,两个人坐在断桥边的长椅上,共打一把伞。彤果儿仔细看了看,画中那女孩正是自己。她有些激动地问:"这是谁画的?"

"是一个白衣青年,他梦里的菩萨告诉他,有个好女孩,是他前生注定的姻缘。菩萨让他看了女孩的影像。菩萨说:如果这一生,他愿意做一个肯担当的男人,就去找那个女孩。三天前他按照梦里女孩的影像画了一张画,放在我这里……"

一年后,彤果儿与白衣青年在断桥边举行了婚礼。

"我们下辈子还会在一起吗?"彤果儿问。

"会的。"白衣青年眺望远处雾蒙蒙的山水回答。

"那我们还在断桥相见。"彤果儿兴奋地说。

"好!我的伞呢?谁拿去了我的伞?"白衣青年大声地喊了起来。

"伞找不到了,那我们还有来世吗?"彤果儿紧张地叫了起来。

刀杆节

香通阿普误把和自己一起打猎的同伴普腊玛射死了。

普腊玛的儿子托龙一瘸一拐地赶来时,阿普坐在地上抱着他儿时伙伴普腊玛伤心地哭:"我明明射的是野猪啊,怎么就……"

托龙跪下抱着父亲,哭声震动山谷。

阿普是寨子里刀杆节上唯一会"上刀山"的香通。他漂亮的女儿和老婆傻呆呆地站在一旁。人们议论着托龙的苦命,说他从小没有娘,一条腿有残疾,快三十岁了,还没有媳妇。有的人喊:"快报警吧。"阿普的老婆听后,悲伤地求着托龙:"孩子,求求你别报案。"

托龙抬起头来,两眼血红,声音如一只野兽般嘶哑:"我只有这一个亲人,没了阿爸,谁听我说话,谁等着我回家……"一切都安静了,只有红头长尾山雀的声音在山谷里回荡:"那是用黑草乌泡过的毒箭……"

娜姗是寨子里最漂亮的姑娘,山茶花一样的脸蛋,清泉一样的目光。"春浴节"上,许多小伙子向她表达过爱意,寨子里外的小伙们没有不想娶娜姗做老婆的,可是她还没有一个意中人。娜姗自小和托龙一起玩耍,托龙也想娶娜姗做老婆,但他知道娜姗不喜欢他。看着小伙子们争抢着亲近娜姗,托龙只好强忍着一腔妒火。

一位头发灰白,长着鹰钩鼻子和模糊眼睛,戴着巨大的银耳饰,麻衣外挂着一串珠子的老者说:"那就让阿普多赔些钱给托龙,这孩子命苦啊!"

托龙仍然跪着哭喊:"我不要钱,阿爸的命能用钱买回来吗?""你可以盖一间新竹楼,再买……"人群里有人搭话。

"不要,阿爸没了,家没了,要竹楼有什么用?"

几个阿妈叽叽喳喳议论着,声音由小到大:"托龙阿爸没了,连个做饭的都没有。"老者像是听明白了,看着阿普说:"你和普腊玛从小是兄弟,娜姗也到了出嫁的年龄,不妨让娜姗给托龙做了媳妇,冤仇宜解不宜结。"

娜姗的妈妈哭着拍打着地面说:"那怎么行,那怎么行,她才十六岁。"阿普颤巍巍地站起来说:"我杀了人,我去自首。"

托龙愤怒地站起身,老者拉住他的衣襟,说了一个折中的办法,让娜姗先以儿媳妇的身份参加葬礼。

出殡前全寨的人都去托龙家跳葬舞。按照风俗,他生前所用砍刀、弩弓、箭包、烟袋等为随葬品,要一起埋葬。托龙相信父亲在那边会用这些工具继续耕作。

娜姗跟着托龙一起跪下为托龙父亲唱"……到了祖山我不再送你\你父母接你你妻子接你\这里三条路你父母指你\父母居住地前后两座山\一山银遍地一山金满坡\从此家人聚……"娜姗哭得两眼红肿,伤心欲绝。

娜姗父母接她回去的时候,托龙目光冷冷地说,让娜姗留下做媳妇,就不报案了。又是那个老者来说情,说娜姗还小,到了结婚年龄再办也来得及。托龙看了看娜姗,答应明年再娶娜姗。

再有两个月就要到刀杆节了。寨子里议论着阿普病倒了,做不成香通了。几头红头长尾山雀在枝叶间发出一连串叹息声:"没有爬刀梯的刀杆节……没有爬刀梯……"娜姗恨自己不是男

孩,不能代替父亲。

娜姗躺在阁楼上想心事,听到窗外传来用树叶吹出的情歌声。她看看窗外,是托龙光着脚离去的背影。最近总是看见托龙光着脚在石子路上走,而且脚更瘸了。

刀杆节这一天终于到了。寨子里,锣鼓喧天,鞭炮齐鸣。刀杆场上竖起两根二十多米高的红花树干,树间交叉着三十六把刀刃朝上的长刀。寨子里男女老幼挤满广场。

娜姗和母亲劝着阿普,说上刀山会要了他的命。阿普却像是抱定一死。就在他撑着颤巍巍的身体准备登刀梯的时候,一个头戴蓝布帽、身装红袍的人,一瘸一拐冲到刀杆树下。他把一杯壮胆酒一饮而尽,随即纵身跳上刀杆。只见他双手紧抓上层的刀面,赤脚斜踩在下层锋利的刀刃上,一步一步地向上爬。当他登上高高的杆顶时,在场的人个个瞠目结舌,然后爆发出一阵惊呼。原来登刀梯的人是托龙。

托龙从刀梯上下来时,娜姗采了一把野花举到他胸前。寨子的长者见状给他们端来了"连心酒",两个人脸贴脸、肩靠肩一饮而尽。

娜姗的父母决定第二年的刀杆节后,给两个孩子办婚礼。

到了第二年的刀杆节,穿着新郎服装的托龙走下刀梯时,全寨子的人都欢呼起来。姑娘小伙手拉手,在怀抱琵琶的男领舞的带领下,摇动腰胯,摆动长裙,翩翩起舞。

他们唱着:欢乐欢乐真欢乐,寨子住着娜姗妹,大红包头花围腰。托龙阿哥你快过来,姑娘漂亮小伙标,甜蜜日子……几个姑娘把胸前佩戴彩色项圈、身穿"百花裙"的新娘娜姗推到托龙身前。

新婚之夜,托龙梦见阿爸手里拿着一支箭,在黑暗里声音嘶哑地说:"托龙,这是一支黑草乌泡过的毒箭呀!"

红头长尾山雀又在浓密的枝叶间发出一连串叹息:"去年托龙在山上采过好多黑草乌……"

旅　途

火车上的乘客,好奇地看着这对夫妻。

女人三十多岁了,脸上却有孩童般的甜美气息。她微笑地依偎着身边的男人。

男人看起来很与众不同,两颊深凹,动作迟缓笨拙。白色衬衣下的肌肉却很饱满结实。男人对这个世界像是在逃避。旅客们问他话,他好像在听,又不像在听。眼睛在看,又不像在看。只有当女人和她说话时,他才显出很认真的样子。夫妻给乘客的感觉,老婆是贴在老公身上的器官。老公通过这个器官与外界联系。

其实,如果不是那呆滞没有光泽的目光,他应该是一个英俊健壮的男人。

男人不停地咳嗽,一阵咳嗽结束,就往地上吐一口浓痰。女人忙把纸巾递给他,他却故意出其不意地躲过女人的手,让痰重重地砸在地板上。附近的乘客厌恶地看着这对夫妇。女人紧紧挨着男人,笑着不好意思地解释着,说她男人烧了三天,三天没睡觉了,他是烧糊涂了。

到了夜里,原来亲密地挨在一起的夫妇,不得不分别在卧铺

的中铺躺下。随着车厢灯光渐渐暗下来,男人不安起来。他嘴里含糊地说着什么。那一双本来模糊得毫无光彩的眼睛突然燃起了渴求的火光。他大概觉得在微弱的灯光下,乘客的眼睛是失明的。或者他自己干脆就看不到附近的乘客。

女人小声地不好意思地催他睡觉,口气软软的,并不坚决,像是面对一个要断奶的孩子。

男人像是听不到老婆的劝说。他弓起身子,哼哼着一个接一个地做俯卧撑给老婆看。看到男人的这种举动,女人的话语由温柔变成严厉了,命令似的说:"不行,这不是在家里……"

她的话让附近的乘客明白男人是要做什么。乘客对他们两个人更加反感了。

男人已经顾不上老婆的反对了。他眼睛里的火越烧越旺,嘴里发出肉麻的哼哼声。他的一只胳膊举起,另一只胳膊撑着床板。几次弓着背,想在中铺站起来,都被上一层床板挡住没能站起来。行动的失败,让他变得绝望了。他暴躁地用脚猛踹车厢,大声嚷嚷:"9了!9了!我要站起来!"

车厢被踹得咚咚响,惊动了乘务员。睡眼惺忪的乘务员有些不耐烦,她在甜水里放进安眠药。女人还是微笑着哄着他喝。

男人仍然很兴奋。他固执地没有节奏地翕动着鼻子,大声喊:"9!我要站起来!"

有人对乘务员说:"再给他喝一瓶安眠药。"听了这话,女人像被针扎了一样跳了起来:"不能再喝了。"

乘务员走过去,扶着他的胳膊,想让他躺下。可是他像发疯了一样,非要站起来。

乘务员敲着中铺的栏杆警告着:"再这样就叫乘警了。"

边上的乘客附和着:"对,叫乘警吧,没法睡觉了。"

女人连忙说:"他是头部受伤了,他听不懂你们说什么,他是让人打伤的。"

"不是同别人打架,他是拳击手,老板让他打假赛,"女人停了停,像是有点激动,"那一场老板让他输给对手,那样我们就能得到好多钱。我婆婆的病急用钱呢。前八回合他点数还输着,第九回合他的右眼角被打破了,流了好多血呢。""那一天不该带着儿子去。儿子在台下喊'爸爸'。"女人重复着,"那天不该带儿子去。他听到儿子喊他,就忘了老板的话了。人家是下了大赌注的。到了第十个回合,他就想击倒对手。""他半蹲着,要把对手打倒,"女人弯下腰模仿着拳击动作,"他一记左手拳,一记右手拳。接着左手重拳打在对手下巴上。对手倒在地上。他把对手打倒了三次。"

女人有点儿兴奋了:"那场比赛,孩子爸爸赢得真痛快。儿子高兴得直蹦高。"

"可是他把老板惹恼了,老板找了六七个人打他。孩子爸爸就是性子倔,不服输。那几个人都拿着木棍铁棒打他的头。"

女人说着哽咽起来:"他被打倒了,就自己喊着'1、2、3、4、5……'站起来。那几个人心真狠,可能是老板交代的,要把他打残。孩子爸爸又被打倒了。他又举着胳膊喊着'1、2、3、4……'摇摇晃晃地站起来。后来站不起来了,就举着一只胳膊喊'1、2、3……'直到好心人叫来了'110'。那伙人才跑了。他被抬上救护车,还在喊'1、2、3……'"

"孩子爸爸昏迷了二十多天,保住了命,但脑子坏了,总犯糊涂,以为是在打比赛。"女人对着下铺的一个五十多岁的男乘客说。

男人又开始烦躁不安,女人显得有点儿不好意思:"他要我

数数,他才肯睡。"睡在下铺的那个男乘客说:"是个爷们儿,来,咱俩换换,你睡下铺。这样就方便了。"那个下铺的男乘客又说:"我们一起数数,让他站起来。真是个爷们儿……"于是,周围的几个乘客一起喊:"1、2、3、4、5、6……"

男人慢慢站了起来,先是弓着背,后来就站直了。女人走过去,举起了他的右手。男人笑了,嘴像存钱罐一样幸福地咧着。

女人说:"好了,这下可以睡觉了吧。"

男人满足地看看周围的乘客,看看老婆,微笑着躺下了。

男人在妻子的臂弯中睡着了,而车厢里的人们却醒着。

没有情人的情人节

春节的假期还没结束,又遇上了情人节。白老先生的孙女小白心里并没有节日的喜气,她和她的新男友又分手了。

妈妈从外面回来嚷嚷着:"哎哟!今天是什么节来着,街上都是一对对的。"

小白回答:"情人节!"

"那你怎么不同男朋友出去啊?"妈妈问道。

爷爷正痴痴地看着他那盆风信子花,听见母女的对话,突然说了声:"啊?情人节!"小白看了看爷爷,他的脸上像年轻人一样荡起温情。

爷爷近来脾气有些怪,不愿意同家人说话了,有几次出去还找不到家了。小白妈妈就把家里的电话号码写在一块布上,缝在爷爷的衣服上。

小白心疼爷爷,她看看爷爷面前的风信子。那花密密麻麻地开了几十朵,很小很小的花瓣,组成芦苇状的花序,向外卷开,就像倒挂的风铃,散发出阵阵香气。

前些天风信子一点点枯萎了,爷爷坐立不安,嘴里唠叨着,饭也不吃了,两颊塌了下去。后来爷爷像是下了狠心,将风信子那奄奄一息的花朵给剪掉了,没想到那盆风信子竟然重新开放了。

白老先生一个人面对着开放的风信子,面带微笑地回忆着,推心置腹地诉说着。

"您的风信子真香。"只有说到风信子的时候,爷爷的眼睛才会闪亮,才愿意跟家人交流。"你知道白色的风信子代表什么吗?"爷爷的两只手摩挲着,露出了凸起的青筋。

"爷爷您这盆风信子是蓝色的。"小白有她自己的心事。

小白这半年交了十几个男朋友,有一个同居了半个月,还有几个已经想不起名字了。小白知道妈妈希望她有个男朋友,早点结婚。她不敢说出已经和男朋友分手了,也不愿意过一个没有情人的情人节。

小白打开电脑,她要在网上找一个临时情人。

"临时找个男朋友陪我过节,身高一米七五以上,费用AA制。"小白发了这样一个帖子。

"您老喜欢男的还是女的?"有人跟帖。

"楼主可能通杀,不管男女都可以,各位踊跃报名呀!"

"楼主你闲得难受吗?"

"楼主真是神仙,临时的有意思吗?那么虚伪干吗?把自己的要求放低点,别要求眼缘,看重感觉。"

"真是什么人都有。"跟帖的有几个,都不能让小白满意。

小白又想起一些婚介中心也在这个洋节里推出了"出租情人"的业务。小白打了几家婚介中心的电话。一家婚介中心的工作人员告诉小白,在情人节确实有出租临时情人这项服务,不过须提前几天预约。

另一家婚介中心的工作人员说,在情人节可以同时找几个临时情人,双方可以事先约定,事后互不联系。

小白正要接着询问,母亲推开她的门,试探地问:"外面那么热闹,你不同男友出去吗?"

小白匆匆关上电脑,对着门口说:"我这就出去。"

小白临出门,向对着风信子发呆的爷爷说:"爷爷,我要出去了,今天情人节,男朋友要送我花的。"

街上卖鲜花的真多,同男友走在一起的女人们,手里都拿着玫瑰花。小白的心里很失落。突然她的电话响了,是妈妈打来的,说爷爷不见了,让她赶紧回家。

小区的门卫说,老人家捧着一盆花出了小区。一轮苍白的月亮低挂在天上,月光很淡。母女两个沿着小区外面的公路寻找爷爷蹒跚的影子,想象着他刚刚像一片树叶一样飘过的样子。妈妈唠叨着:"八十多岁了,这是去哪了?你爸爸回来要是发现爷爷丢了,肯定要发火的。"

妈妈的手机响了:"我是人民医院内科病房的医生。这里有位老人,他的衣服上缝着这个电话号码,他应该是您的家人吧?"

妈妈高兴地喊着:"太感谢了,我们马上就去。"

病房外白老先生手捧着那盆蓝色的风信子,嘴里念叨着:"小彤,这盆蓝色的风信子又活过来了,你也能挺过来。小彤……"

医生看见小白母女:"你们是家属啊?这老人以前总到这里来。今天他一直站在这,要见这病房的病人。我们今天探望病人的时间已经结束了……"

小白在后面拉着妈妈问:"小彤是谁呀,我怎么没听说过?"

妈妈犹豫了一下,还是说了:"她是你爷爷小时候的老邻居。"

病　牙

夏小鱼没想到,自己这样有着粗犷外形的已婚女人,竟然在健身房里,通过镜子反射偷窥男牙科主任。

牙科李主任肌肉饱满,身体线条匀称舒展,不像那些吃蛋白粉的肌肉男,身上鼓起一处一处疙疙瘩瘩的肌肉群。他不与人交流,做几组练习,就站起来休息一下;或是斜分开腿,一手叉腰,歪着头微笑着看挂在墙上的电视。

健身房里,做力量训练的肌肉男大都会故意面目痛苦地嗷嗷怪叫。李主任不那样。他做推举时,要是超越自己的极限,嘴里会发出低低的克制的低鸣。夏小鱼恰巧听见了他呻吟般的释放,心跳加快地多想了许多,想到健身房以外的地方去了。

每天,夏小鱼如痴如醉地盼望着晚上与李主任的相见。尽管每次见面只是互相微笑着点点头,说句"来了"或是"再见"之类的简单问候语,夏小鱼也觉得满足了。

夏小鱼能够感觉到,李主任也在偷偷注意她。好几次,她在镜子里与李主任的目光碰到一起。

一连几天没有看见李主任了,小鱼的心像是被掏空了。她的

那颗智齿开始一蹦一跳地疼。她突然心里涌起喜悦,她要去见李主任。

他让她周日下午去拔掉智齿。周日牙科应该不接待病人,诊室里只有他一个医生吧。夏小鱼自己想着就心跳加快,呼吸急促了。

她穿着这个季节最好的衣服,戴着从国外带回的宝石耳环。她的装扮吸引了诊室外许多好奇的目光。也许牙科从来没有来过这样愉快得像是要约会的病人。

夏小鱼面带羞涩地仰面躺在主任室的治疗床上,如同躺在李医生结实的臂弯里。她听见门被轻轻关上。她没有闻到消毒水的味道,而是感到一种暧昧的气氛向她袭来,是健壮男人身上的气息。她有点儿紧张,有点儿期待。她闭上双眼,却看见李主任脱掉白大褂,露出了饱满的胸大肌和结实的腹肌。

她屏住呼吸,听到他温柔地说:"小鱼放松,现在已经没有等候的病人了,剩下的时间都给你。我会很轻的,尽量不让你疼。"

他把治疗床轻轻摇起,一只手拖着她的脸颊。她感觉到他像是在仔细观察她,就像她透过镜子细细地看他。他的脸和她的就要贴在一起了。她听见了他的呼吸声,她终于和他在一起了,她激动得要哭了。

突然她觉得有东西探进身体,她感到了疼痛,不由得全身一颤。她紧紧地抓着他的手臂向外推。

李主任轻轻撩起她额前被汗水沾湿的头发,安慰着她。她没有再推开他,而是享受着疼痛的快感。一种剧烈的疼痛从下而上猛烈袭来,她的心像是跟着飞了出来。

"好了。"李主任的声音。她睁开眼睛,像是刚从梦中醒来。她看见穿着白大褂的李医生正笑着看着她。

当的一声,拔出的智齿落在盘子里。她吐了一口血水,一个实习生递过一杯水。那个实习生什么时候进来的,她竟没有发现。

李主任敏捷地整理器具,他没提治疗费,而是走向里面的套间。

小鱼还沉浸在刚才的暧昧里没有完全醒来。她想拔牙成本不高,李主任让她周日来,可能不想收她这样亲密朋友的钱。她追随他进到套间。为了表示感谢,她掩饰起尴尬,装作亲昵地说:"李主任晚上一起吃饭吧。""不用,我一会儿有个同学聚会。"他犹豫了一下又说:"我们这里拔牙是300,现在财务也下班了,你给我200就行。"夏小鱼听了,还是很感激的。他没有对自己动情,还是在医疗费上照顾了。虽然钱不多,她也愿意让他得到钱而不是给医院。夏小鱼从包里拿出200元放在桌子上,谢了他,走出了诊室。

在楼道里,她梳理头发,整理衣服,平静了一下纷乱的心情,低头看见地上有一张收费单。夏小鱼捡起来,看了一眼,又看了一眼,终于看清了:拔牙150元。

夏小鱼缓缓发动汽车,她用舌头舔舔牙床,似乎还有咸咸的血腥味。家里有消炎药,吃两天肿痛就会消失了。她一只手握方向盘,一只手摘掉宝石耳环,向着车窗外浓浓的夜色释放了一个自嘲的微笑。

搭　车

豪爵 150 摩托车在距离拉萨 80 公里的林芝路上奔驰着,快乐地如一只奔跑的羚羊。

车上的一男一女,如情人一样紧紧地依偎在一起。其实他们并不是情人,车主与这个搭车的女孩才认识不久。刚刚下过一阵雨,路两旁的草地显得格外油亮,远处大片大片的油菜花娇艳地开着。

在这个充满神秘、充满诱惑的地方,任何事情都是可以发生的。二十多天里,他险象环生,被藏獒追,碰到塌方、泥石流、冰雹……

今天奇迹般的,他的后背上多了一个长发大眼睛的美得如雪莲花一样的姑娘。他闻见了姑娘身上好闻的气息,是带了肉体和衣服的香气。

"你们这些搭车的女孩胆子真大,不怕遇到坏人?"他问

"不怕!嘻嘻。我一路上遇到的都是好心人,搭过军车、警察叔叔的巡查车、货车。最爽的一次是跟着一位乡领导的车,跟了四天,包吃包住。本来他们是让我继续跟着他们去布久乡玩,可我想赶快到拉萨,就上了你的车。"

大朵大朵的云彩移动着聚在他们头上,大的云朵拥住小的云朵,走上几步,就慢慢地融在一起了。

女孩的头发在脸庞跳跃。她双手环绕着他的腰,整个上身贴

在他的后背上。车轮的起伏,让女孩丰满的胸部不停地撞击着他的后背。

一切都那么不真实,他突然希望此刻只有他们两个。希望再次遇到泥石流,或者车坏在路上,两个人困在这里,相依在月光下……

他侧过头说:"天黑前到不了拉萨,就住在这了……"

"好啊!咱俩钻一个帐篷……"声音在摩托的颠簸中变得颤悠悠的,诱惑着他,让他想起有人说过,搭车是艳遇的开始。

风在耳边跑过,发出簌簌的响声。早上阵雨过后留下的雨水在车轮下四散迸溅。此刻他觉得女孩不是在她的后背,而是在他的怀里,他低下头亲吻她的额头。

突然车轮一滑,摩托车侧翻在地上。

他从地上爬起来,赶紧去问女孩:"你没事吧?"

女孩坐在地上,就是不起身,脸绷得很难看。他弯下腰慢慢扶起她,看她没有大碍,就拍拍她身上的土。女孩突然像一只受惊的鸟那样尖叫起来:"哎呀!我的脚,脚后跟!"他低下头看到她的脚后跟处磨破了,有血渗出。"我给你拿创可贴。"他擦着脸上的汗,才觉出脸上有些疼,是被路上的石子磨破了。可是他顾不上自己了,这张脸二十天里在高原上风吹雨淋,早已面目全非了。

女孩跺着脚不让他给她贴创可贴。"真倒霉呀,今天怎么搭了你的车!真后悔没跟领导的车去玩……"

"脚会不会留疤呀?我要去医院做一个全身检查,做个核磁共振,看看脑子受没受影响。"他听女孩说要做全身检查,脑袋嗡嗡地响。做个全身检查,至少要用半天时间,再说他口袋里的钱恐怕也不够支付医疗费。他这是遇到麻烦了,来之前看的旅行攻

略里没有这些。

"我没有那么多钱。"他拿着钱包尴尬地举给她看。

"我一个穷学生更没有钱。你有多少？我自己去检查，还有一天的食宿费。"

"你自己看吧，就这些。"他拿出钱包里的所有钱。

"有多少算多少吧，算我倒霉。"女孩没好气地夺过钱。

"你怎么去医院？要不我带你一段呀？"

"不用了，再也不想坐你的车了。"

女孩一边说一边背上背包，向路边走去。她很有范地举起大拇指，正巧一辆越野车停了下来。他听见女孩甜甜的声音："大哥，去拉萨吗？"好像车主正巧是去拉萨的，女孩上了车。

他的头有些木，她去拉萨，不是去医院。

他扶起车时，发现右侧护板碎成好几块了，右侧前转向灯也碎了。他觉得很懊恼。他猛地发动车子，把车速加了一挡，车好似郁闷已久突然吐出了口闷气，车头猛地抬高了。

他要在天黑前赶到拉萨，然后卖了车，用卖车的钱，继续他的拉萨行。

几天以后，他徒步走在拉萨的街道上，看见一张熟悉的面孔，正是那个搭车女孩。她身后的大背包不见了，头发很乱很脏，目光茫然地斜倚在墙角。

他站在那里，不知道是不是应该向她走去。

黑　哥

她在这里等他的男朋友黑哥,已经是第三天了。宫外孕手术后,医生告诉她不能再怀孕了。她的心就碎了。她不能拖累了他。她带着行李,关了手机,离开了那间同他共同生活了三年的出租屋。

可是她还是觉得她的男友黑哥会到这里找她。而且她察觉到就在她睡着的时候他来过了。她在睡梦中常常听到他呼噜噜的鼾声,感觉到他的体温。可是睁开眼睛又什么都不见了。

她住在他们第一次认识的那个度假村里,还是那个房间。旅游的旺季过后,这里很萧条,房价也便宜得惊人。她以前对他说过:"你若是找不到我,我就是去度假村了。"

突然,她透过房间阳台纱窗,看见一只黑色的猫咪。它体形优美,毛色油亮,目光炯炯。她轻轻走过去,它并不逃跑,而是友善地看着她。她隔着纱窗用手指点点它的头,它也不躲闪,弓着背竖着尾巴用大大的头用力地顶她的手。

她和黑哥是在一个健身俱乐部的户外旅行中认识的。他个子不高,很黑,看起来很难与健身教练联系到一起。平时他看起来就是普普通通的,可是裹上花头巾,在操房里给学员上课时,就像换了一个人,那样子老帅了。

两个人是东北老乡,互相一问,她是白羊座,他是射手座,最般配的情侣星座。他又特别会体贴人,性情又敞亮。她对他有了

好感,渐渐地,两个人发展成了恋人。

妈妈见了她的男朋友,没好气地说:"看见他,我心里凉了半截,你这男朋友长得寒碜不说,家里又穷,连房子都买不起,以后怎么生活呀。"爸爸也不同意这门亲事,说他"这小子简直就是一个毛愣子"。他知道父母是嫌弃他不会挣钱。而她想的是:他条件不好,她还不用看公婆脸色呢。

她不顾父母的反对,跑了出来。两个人像夫妻一样生活在一个屋檐下。妈妈打电话来哭着劝她回去,她则铁了心跟定黑哥了。

两个人乐乐呵呵、吵吵闹闹地过日子,她喊他"黑哥",他回一句"干啥"。60块钱也能过一星期的日子,一碗拉面、几串烤面筋都过得很开心。

有猫咪的陪伴,这一天很快就过去了。第二天睁开眼睛,她闻到空气中有黑哥身上的气息。她对这种气息太熟悉了,是汗水透过健康的体魄,散发出的体味。她闻了又闻,她怪自己睡得太沉了。她转身看了一眼身旁的另一个枕头,明显有压得凹陷下去的痕迹,伸手摸摸那个枕头下面的床单,还有留下的体温。

她喊着黑哥站起来,仿佛听到了有人回答"干啥"。在那个出租屋里,她就是这样叫的:"黑哥,给我削个苹果""黑哥,递给我遥控器""黑哥,……"然后他一边抱怨着满足她的要求,一边怪声怪气地说:"黑哥……黑哥,我也想有个黑哥。"

她继续寻找黑哥留下的痕迹,发现那只黑猫又到阳台上来了,它眼睛亮亮地看着她。她拉开纱门,猫咪就绕在她的脚下,蹭她的腿,用爪子抓她的裤腿。她蹲下来抱起它,仔细端详,不由得浑身一颤:猫的嘴唇上有一块黄色的银杏叶般的斑点,形状跟"黑哥"嘴边的竟然一模一样。

她觉得自己是太想他了,把见到的都同他联想在一起。这些都是同他在一起时的日子轻松快乐的缘故。

那年庙会上人稠得像一锅粥,她在人群中被挤来挤去,什么也看不见。他就让她骑在他的脖子上,她有点害怕地大喊大叫,可是心里很满足。后面的许多情侣也模仿着他们的样子,跟着那么做了。后来,晚上下班时黑哥也扛着她在小区逛,很带劲,还颠呀颠呀吓得她尖声大叫。小区里的阿姨们有些羡慕的,有些厌烦的,都会多看他们几眼。

虽然两个人手挽着手的时候他说过"以后我们不要孩子,养一只猫,世界各地地玩……",可是她知道自己真的不能怀孕后,还是觉得不能耽误了他。不过现在她后悔那么冲动地不辞而别了。

她知道黑哥在她睡着的时候来了,她能感觉到他,可就是睁不开眼。他跳下床的时候,她想拉住他的手,可是没有力气。

接下来的几天,她与那只黑猫相伴,太阳照在他们身上,它懒懒地伸展四肢,眼睛眯成了一条线。她看着黑猫,自己的眼睛也眯成了一条线。

这时,她听见他有节奏的脚步声,真的是他来了。他轻轻躺在她身边,脸贴着她的脸说:"媳妇,你也太邪乎了,让我满世界找你。二人世界多好啊,挣了钱咱们两个人就去旅行,也不用做房奴了……"

一声"喵喵",惊得她猛地睁开眼睛,黑猫咪咪正躺在她的手臂上,一双又大又亮的眼睛深情地望着她。

响　螺

　　这个被山海环抱的古渔村,知道的人不多,游客也很少。渔村仍然保留着旧时的面貌,场上晒着一些老玉米,一些渔民家门口整整齐齐地晒着小鱼干。

　　我坐在海边,等待捕鱼的船归来。听朋友说,海里的黄鱼长不到成年,就被捕捞上来了。出于动物的本能,黄鱼不得不在很小的时候就怀孕产子了。

　　这个假期我特意到小岛上走走,看看渔民的渔网里,是不是真的见不到成年黄鱼了。

　　水面不时有水鸟掠过,它的尖嘴轻轻地啄一下水面,又飞起。

　　一位老奶奶用鱼梭将两种网串在一起。她没有戴老花镜,鱼梭带着鱼线在渔网上来回穿梭,她缝完一段打个结,再用剪刀剪断。

　　下午4点左右,看到有出海的船回来,我跟着鱼贩子们一起挤上去,古铜色脸的船老大皱着眉头,嘴里嘟囔着:"这拨没有好东西上来。"等到船老大鱼卖得差不多了,我凑过去问:"没有大黄鱼吗?""近海10海里内,已经没有好鱼可打。"船老大一边整理"零碎",一边头也不抬地回答。

　　没有看见打上来的大黄鱼,我有些失落。小时候,我有一本《深海里的大黄鱼》,读了好多遍。那时候的大黄鱼很多,给我的印象也很深。

我沿着海岸走了一段路,看见一个十二三岁的小女孩坐在石头上。她身前放着一个小篮子,里面放着许多贝壳串成的小饰物。

我笑着指着篮子里的一个用红线串成的海螺挂件问道:"多少钱?""这个海螺一块钱。"女孩回答。她脖子上戴着一串虎贝花纹的海螺项链,项链在阳光下闪闪发亮。

"买一个吧,您听听,里面有大海的声音。"女孩把响螺放在我耳边,我仔细听,真的听见了大海的轰鸣声。

"你的挂件做得真好,这些我都要了。"女孩做的这些挂件很精致,我全部买下,她也可以早点回家。"谢谢您!"女孩感激得有些不知所措。"你叫什么名字?"我问道。

"我叫水花。"

我指了指她脖子上的琥珀海螺项链:"这个真漂亮。""水花"的脸上像是有彩霞飞过:"这个是我奶奶给我的,这个不卖。"

我想起黄鱼的事情,虽然觉得这个问题,小孩子可能根本不知道,但还是问了:"你知道现在村里,还有人能捕到大黄鱼吗?""水花"沉默了一下,然后说:"我知道有个地方有大黄鱼,可是我奶奶……不让我跟别人说,尤其是游客。"

我感到非常好奇:"你带我看看,我不是捕鱼的。"

"好吧,那要等天黑。这个季节天黑以后'流鱼洞'有大黄鱼流出来。"

"水花"带我到一座几百米高的悬崖边,悬崖中间有个盆口大小的崖洞,一股泉水从崖洞中喷涌而出。

天渐渐黑下来,有鱼儿随着喷涌出来的泉水,像离弦的箭,射向空中,然后落入附近的深潭。仔细看看,跳出的鱼有椭圆形、体色金黄的,果然是当地濒临绝种的大黄鱼。

看到"流鱼洞"能流出大黄鱼，知道海里仍然还有大黄鱼。我的心里很满足。

几年以后，我在报纸上看到在海边渔村"渔家乐"吃"真正的野生大黄鱼"的报道。

我想起被日光和星光包围着的岛上的小渔村。想起了"水花"，还有"流鱼洞"。一个周日的上午，天空不晴不阴的样子，让人觉得冷飕飕的。我戴着那只"水花"做的响螺挂件，来到小渔村。

在海边看见了"流鱼洞"渔家院的招牌。原来"流鱼洞"已经被开发，游客可以在附近的渔家院里吃崖洞里流出的大黄鱼。我在海边卖小饰品的人群中寻找"水花"，想与她再聊聊"流鱼洞"的事。大半天过去了，我也没有看到"水花"的影子。

水面仍然不时有水鸟掠过，尖嘴轻轻地触一下水面，又飞起。

我走进村子，继续寻找"水花"。正要向村民打听，迎面有一头大牛过来，拖着一根长长的绳索，却不见人。我让过牛，继续往前走，一个小女孩走了过来，也就五六岁的样子。看来这牛是她家的。我刚要开口问，突然一阵惊喜，这不就是"水花"嘛。脖子上那一串琥珀海螺项链我还认识。

"水花。"我脱口而出，自己又觉得不对。这么多年过去了，这个女孩分明比当年的年纪还要小得多。可是她的容貌太像水花了。

"水花是我的妈妈，她走了，我永远没有妈妈了……"小女孩的声音很清脆。

"小水花已经有孩子了。"我的心里一惊，十几岁时就有孩子了。

"我认识你妈妈，她带我去过'流鱼洞'看大黄鱼。还有，这琥珀海螺项链我也认识。"

"我妈妈不让那些人捉大黄鱼,被……妈妈和大黄鱼都走了,永远不回来了。我们就找到了这个海螺项链。"小女孩摸着脖子上的琥珀海螺项链。眼里闪着泪光。

一阵凉意从我的背部扩散开来,小女孩跟在牛后面,慢慢地走了过去。我想追问她"妈妈走了"是什么意思,可是我还是没有勇气张开口。

我把水花做的响螺挂件拿下来,放到耳边。在响螺里,我又一次听到了大海的声音,那像是一个老人的叹息。

夜　车

面对面的两排椅子,已经坐满了人。黛姗没有买到动车票,又不愿意一个人在异地住下来。这 15 小时行程的火车票,也只剩下硬座了。

黛姗后悔今天穿的是低胸的薄裙子,她身旁的女孩下车以后,这两排座位,就她一个女人。新上车的一个年轻男孩坐在她身旁。他把他的一个包放在她头上的挂钩上,然后又拿下来,说这样会搁着黛姗的头。

年轻人从包里拿出许多水果,分给大家。黛姗不要,他就把一个橘子强塞到她的手中。黛姗觉得,这个比自己小很多的男孩很体贴,对他多了一层好感。

火车晃晃悠悠地走着,黛姗想伸伸腿,却碰到了对面人的脚。

那是一双没穿袜子、穿着胶鞋的脚。黛姗把脚缩了回来。

这个男人五十多岁,油腻腻的衬衣套在一件秋衣的外面,一个脏兮兮的编织袋子放在身旁。他的一只眼睛闭着,另一只眼睛斜着睁成三角形。为了睁着一只眼,他看人的时候,头是歪的。三角眼的上方皱出了许多褶子。

夜渐渐深了,几个人都闭着眼睛。那个男人身上的味儿,太难闻了。他闭着眼睛,嘴巴张开。火车里有人大声说话,他就不满意地睁开眼睛,嘴里咕哝着,又听不清说的是什么。从嘴里喷出的气,像是那些流浪动物身上的气味。

黛姗身旁的男孩张着嘴像是睡着了。随着呼吸,他的肘部抵在她的腰部,一下一下地顶过来,弄得她挺疼。她看男孩睡得正好,没好意思叫醒他。

黛姗闭着眼睛,隔壁男孩的胳膊肘隔着她的薄裙子,在她的腰部停留一会儿,她觉得不舒服,扭动扭动腰。小伙子醒了:"哎呀,一点也睡不着。"她想,他没睡着吗?刚才那胳膊肘,还有张着嘴呼吸的样子,不像是没睡着。

黛姗已经坐了六七个小时的硬座,浑身都很累。边上的小伙子往前坐了坐,把她的腿搬到椅子上来,说:"这样伸伸腿。"他的手拿开的时候,在她裙子里的腿上画了一下。她的心里不太高兴,可是这小伙子看着比自己要小十几岁。她不能想得太多了。可能她低胸的裙子,让自己对别人有了防备。那小伙子只坐一点椅子,让她的腿放在椅子上休息。黛姗想,自己不要把人家想坏了。

对面的脏男人喊了起来。她不太听得懂他的话,大概意思是挨着他的人趴到小桌子上,他不让别人趴在桌子上。那个人反抗了几句,也没再同他理论。大概是觉得,他那脏兮兮的样子,同他争论起来有点儿丢人。

车厢里有小孩子的哭声,是一个男孩,眼睛用纱布包着,像是出来看眼睛的。硬座车厢,大人都觉得不舒服,生病的孩子肯定更不舒服。

对面的脏男人被小孩的哭声吵醒,大声喊了两句。说话时带出的臭气喷到黛姗的脸上。她瞪了他一眼说:"别说话了,别人还睡觉嘛!"

黛姗从他的谈话中,听出他是到她的城市打工的。这样自私的人,哪个老板愿意要?黛姗心里想。对面男人的一只脚搭在黛姗的椅子上。那只没有穿袜子的脚,就挨着她的裙子。她冲着那个斜眼男人说:"你干什么?"那个斜眼男人,嘴里喷着臭气,也嚷嚷几句。她听不懂。坐在她身旁的男孩,把她的裙子往里面拽拽,抗议着说:"都碰上人家的裙子了!"

黛姗趴在小桌子上,迷迷糊糊地睡着了。坐在她身旁的男孩,把她披在身上后又滑落的衣服拿起来,重新给她披上。她觉得这个男孩不错。这时,那男孩的手,又放在的黛姗背上,停在她的胸罩带上。黛姗觉得不舒服了,想坐起来,让那男孩别动手动脚的。却听见男孩说:"这样睡觉窝着脖子呢。"她想,自己可能是误会他了,他比自己要小十几岁。也就二十多岁的样子,自己不年轻,不漂亮。不能因为穿了低胸的裙子,就把别人当坏人。这几个小时,他一直照顾自己,不要太多心了。

她没有坐起来,而是使劲动了动后背。那个男孩的手落了下去。她继续迷糊着,又感觉那男孩的手,放在她隔着薄裙子的腿上。而且那双手,像是就要撩开她的裙子。她心里想着,这小伙子确实不安分,怎么动手动脚的。若是说破他,大家都很尴尬。怎么办?就在这时,黛姗听那斜眼男人喊了起来,那双没穿袜子

的光脚,又踩在黛姗和小伙子之间的椅子上。他冲着黛姗大叫,用手指着她的身边。黛姗这才发现,她的钱包掉落在椅子上了。她是放在包里的呀,怎么出来了?

黛姗身边的小伙子站起来说,我去别的车厢看看,这里太挤了。斜眼男人冲着那个男孩的背影喷着唾沫星子。

她把她的钱包小心地放回包里,看着那个对面的男人。他一会儿要同她在一个城市下车,他要去找工作。她从她的包里拿出一个朋友的名片,递给他。那个朋友的公司正要找一个门卫。

下雪的日子

车门哐当一声关上了,火车慢悠悠地开动了。

刚刚站台上黑压压的拥挤人群,以及叫声、骂声、哭声,都被车门关在了外面。

几个小时前,她推开男朋友宿舍的门,发现他仅有的几件衣服和洗漱的东西都没有了。他不辞而别了。下个月他们就要结婚了,他却不见了。

她向车间里几个同事借了点钱,穿着薄薄的灰色毛衣就出来了,棉袄都没顾上穿。那时她真没觉得冷。她就像疯了一样冲向了火车站。

男友家在千里以外的北京,去年春节,她去过一次。男友父母的威严,把她镇住了。男友的父亲在家里穿着烫得平整的中山装,母亲是一身蓝色西装。他们各自坐在茶几两侧的沙发上。两个人轮流询问她的工作,问她的家里人。声调越来越冷漠。

车窗外开始飘雪了,阵阵冷风从车门的缝隙灌入,吹进来好多雪,堆积在门口。她冻得瑟瑟发抖,蜷缩在角落,把脚塞在腿下面取暖。

她想起与男友的交往,想起两个人牵着手,沿着弯曲的三股车辙印,向着低缓的小山坡上走。男友说要和她这样走下去。

火车上卖食品的车推过来,她感觉饿了。摸摸口袋,想把钱拿出来,几个口袋都摸遍了,还是没有钱的影子,口袋是空的。车厢里的灯光,冷漠地照着她,火车发出浑浊的隆隆声。

火车在雪地里走了两天,她的肚子和她的口袋一样空。

她两天没有吃一口东西,没有喝一口水。坐在身旁的是一个年轻人,一直用眼睛询问似的看着她,现在终于忍不住了,侧过头来轻声说:"姑娘,两天没看见你吃过东西,你是不是没带钱呢?"

她看了看那个年轻人,粗粗的浓墨一样的眉毛,眼光很清澈,嘴角下一个黑痣。她忍不住哭了起来。

"你这是去哪儿?"年轻人接着问她。"我去北京告状……我快结婚了,男朋友却走了。"她越哭越伤心。"别哭,别哭,我这有点儿钱,都给你。"小伙子从口袋里拿出一把零钱,数了数,45元钱,还有25斤粮票,以及他上车前带来的面包,都给了她。

"你叫什么?将来,这些钱我会还你的。""不用还。""你不说,我就不能收。"她迎着他的目光执拗地说。

"我叫程立。""那你把你的通信地址留给我。"程立找了一支笔,在一个小纸条上留下了自己的地址。

火车到酒泉站的时候,程立把他的一件蓝色带毛领子的棉袄脱下来给了她。他们彼此看着对方的眼睛。沉默了一会儿,他转身走向车门口。这一刻她觉得他比她的绝情男友温暖得多。她

记住了他浓墨的眉毛,还有嘴唇下的黑痣。

火车开进北京站的时候,天还没有亮。灯光闪烁的那一方,长长的站台向她飘来熟识的气息。

站台上的积雪大部分已融化,地面湿漉漉的,灯光照耀处,腾起白色烟雾。候车室的屋顶有了一层积雪,像一床薄薄的棉被。

她敲开男朋友家的门,才知道男朋友家不同意他们的婚姻,他是被骗回来的,父母把他关在家里,不让他出门。他给她看他写的那一抽屉的信,都是给她的。

男友还是坚定地同她走在了一起。他们过着冬天运蜂窝煤、储存大白菜,夏天用蒲扇对付嗡嗡的蚊蝇的平静日子。

而她的心里却是不平静的,她的恩人,火车上那个帮助过她的人给她留的地址找不到了。那张珍贵的小纸条,她放在钱包里,被小偷偷去了。

在那个雪天里,在又冷又饿的旅途中,程立的模样刻在她的心里,一次次在梦里清晰地出现。

这一年他们的儿子三十岁了。她已经是一个前额聚集了皱纹的中年人。亲戚朋友给儿子介绍了一个又一个女朋友,儿子都不同意。她是希望在本地给儿子找一个女朋友的,她怕儿子被女朋友带跑了。她姐姐家的儿子,就被一个上海女孩带走了。她姐姐病危,儿子都没有来得及赶回来看最后一眼。

每次她与儿子说起这件事,儿子都会眉毛皱在一起,表示他有自己的主意。

又是一个下雪的日子,那个在火车上帮助过她的恩人的面容,又一次随着雪花飘进她的记忆。

她想探寻儿子的秘密。她知道儿子有微博,于是偷偷打开他的微博。她看见了他和一个女孩的亲密照片。这个女孩有点面熟,特别是那双眼睛,还有眉毛。她想不起在哪里见过。

雪下得更密集了,雪花落在玻璃上,像是看一眼她就融化了。他顺着儿子的微博,找到他女朋友的微博。地点是酒泉,果然不是本地的,她心里一沉。这桩婚姻,她要阻拦。她怕儿子被女孩带走。

可是这个酒泉的地名不就是她熟悉的吗。她沿着女孩的微博照片寻找,突然在父亲节这一天的微博中,看到一张老照片。应该是女孩的父亲。她的呼吸急促起来,吃惊地张大嘴巴,心在身体里翻了一个身。一个有着浓墨样眉毛、嘴唇下有一颗黑痣的男人,怀里抱着一个小女孩。这不就是经常在她梦里出现的、她要找的恩人程立嘛。

激动的心情,像热浪一样在她的心里滚过。她关上电脑,眼睛里的泪水滚到了嘴唇边。她拨通了儿子的电话:"儿子你喜欢的就是我喜欢的,无论你找什么样的女朋友,我都接受……"

雪还在下,窗外已是一片银装素裹的童话世界。

榕树花开

我的童年是不快乐的,如果给我重返童年的机会,我绝不回去。

我不快乐的童年,源于我的母亲。母亲人到中年有了我,在我六七岁时,母亲正好进入更年期。

记忆里父母的战争都是突然爆发的。家里的一套蓝底白玉

兰花景泰蓝茶具，在一次父母的激战中，被一个又一个摔碎了。那时住的是没有围墙的大院子。一个邻居不怀好意地问我："咪咪，你爸妈干吗要摔杯子呀？不要送给我呀。"我在9岁以前叫咪咪，后来母亲给我改了一个好养活的名字。

看见母亲的笑容是很不容易的。放学回家，我先把小炉子通风的小门打开，慢慢地，蜂窝煤中的小孔，就变得通红。母亲下班回来，若是看见蜂窝煤有小火苗了，就有些高兴。她会像笑一样看看我。她在炉子上放上锅，热上馒头。炒菜要等父亲或是哥哥来。我的记忆中，母亲很少给我们做饭。

我在院子里和小朋友跳皮筋的时候，能够望见母亲在我家木门上方的玻璃后面看着我。虽然没有看清楚她的脸，但我知道那张脸是阴沉着的，像是要下雨的天。

隔壁家有三个男孩。一天雨后，我们几个卷着裤腿，在院子里蹚水。邻居家的老二，比我大两岁。哥仨里他眼睛最小，可是他整天笑嘻嘻，女孩都愿意和他玩。那一天，天上出现了彩虹。我们玩得很高兴。

黑云突然压过来了，还有滚滚雷声，我玩得忘形，忘记木门玻璃后母亲的目光了。母亲把我喊回家，问我刚才在干吗，别以为她看不出我的心思，她说我刚才在隔壁男孩面前卖弄风情。我的脸红了，被母亲看穿，让我无地自容。

哥哥比我大十几岁，我上一年级时，他已经高中毕业了。我上的小学是哥哥毕业的学校，哥哥送我上学，他说，他认识学校的敲钟人王师傅。

王师傅是一个中年男人，个子不高，平头，穿着宽大的蓝布衣服，学校的锅炉房也归他管。听说王师傅没结过婚，他一个人住在锅炉房后面的屋子里。

有了哥哥的介绍,我下课去水房打水,王师傅对我很热情,总是笑嘻嘻地拉着我的手。他总对别人赞扬我:"人家的哥哥都上班了,你们有那么大的哥哥吗?"

下课的时候,水房挤满了人。王师傅对同学们比任课老师好多了,男生敢揪他的头发,等着打水的女生就坐在他的腿上。他认识我,也让我坐了一次。他用手捋着我的短发说:"又在操场上乱跑了吧,以后下课到我这里来,我给你留着好吃的。"

我做作业的时候,母亲问我:"你下课去哪里了?"

我说:"去水房接水。"

"水房有谁呀?"

"一个王师傅。"

"王师傅?他和你说过什么呀?"

被母亲问,我很紧张,真想不起王师傅对我说过什么,于是就临时编了一句:"他说'我一猜你就是来喝水的'。"

"什么?这个王师傅不是正经人,正经人不这样说话!"我吓得不敢看她的脸。

"咪咪,以后你不准去水房接水了,从家里带水。"

"王师傅不是正经人。"母亲的声音越来越尖利,院子里的父亲也听见了,赶紧跑进来。"王师傅不是好人!"母亲激动地厉声重复着。

我的脸又红了,我怕邻居听见,怕邻居的老二听见,怕院子里的人以为我不是好人。

我再也不敢去水房了,但没想到,几天以后,母亲竟大爆发了。那天我同母亲一起去买菜,回来的路上,远远地看见了王师傅。他拿着一个树枝条,一边走一边歪着脑袋抽打着。他仍然穿着那件宽大的蓝布衣服。

我小声对母亲说:"那人就是王师傅。"

当时母亲的脸就变色了,她拉着我钻小胡同回的家。

记得那天晚上,家里停电了。母亲颤抖着手点上油灯,黑烟从灯罩上冒出来。我趴在桌子上,下巴压在胳膊肘上,爸爸、哥哥、母亲都围坐在桌旁。

母亲激动地站起来。她的影子在墙上颤巍巍地拉长了,像一个跳动的怪兽。

母亲正式宣布,王师傅是一个流氓。她今天在街上看他一眼,就断定了。

那是一个流氓。

父亲、哥哥都不吱声,表情都像父亲的藏蓝色中山装一样严肃。

母亲生气的时候,牙齿磨得嘎吱嘎吱响。她问我:"王师傅同你干什么了?"

"没干什么呀!"我不知道怎么回答,因为自从母亲不让我去水房,我就没去过。

母亲伤心悲痛,声音到高处劈开,变成了尖利的回声。我害怕地用手抠着桌子上的油漆,不知道母亲到底要我回答的是什么。最后她哀求似的说:"咪咪你说吧,去他那儿干什么了?"我抬头看了看她,她头上的卡子不见了,头发凌乱地贴在脸的两侧。

煤油灯冒着黑烟,我真想化作那股黑烟从母亲面前飘散。后来哥哥说了一句解围的话,说去水房不是我的错。

教语文的老师,是我们的班主任。她也是很严肃的人,只有看见她小儿子的时候,才露出甜蜜的笑。

语文课上都是很严肃的,我们的手都背在身后,身体挺得直直的。老师突然不讲课了,嘴贴在第一排的女班长耳朵边说了些什么,班长就一溜儿小跑出去了。过一会儿她回来了,同老师低语了一阵。一会儿老师又贴在她耳边,她又出去了。大家都觉得很奇怪,也没有人敢议论。

下课了,没有听到下课的铃声,却传来一阵警笛的声响,王师傅被两个警察从水房里押出来塞进警车带走了。有人小声议论,王师傅是强奸犯,强奸了好几个女生。那一刻我震惊了!

我不知道那几个被强奸女孩都是谁,不知道她们中有没有我……

警车开走了,榕树下挤满了人。榕树上的花开得正旺,有一些花掉到了地上,被人践踏在脚下。

邻　居

右派李青一动不动地躺着,身子缩成一团。被单一直拉到眼睛,门框到处是耗子啃出来的洞,寒风从门框缝隙吹进来,发出呜呜的声响,仿佛鬼魅的哭泣。

他的邻居以前是赶车的吴把式,后来经常有黄鼠狼出没,就搬走了。几天前,牛鬼蛇神姜工程师被关了进去,不久他就用一条腰带把自己吊死在屋里了。村民们说,姜工程师悬梁自尽,就是中了黄大仙的邪。

邻村今天放"样板戏",村民们都去看戏了,村里安静极了。突然,他听见咿咿呀呀的歌声,像是有唱戏的声音随风颤悠悠地飘来。但是只有曲调,听不清戏词。

他从被单中微微抬起缩着的脖子望了一眼，不觉浑身瘫软了。一个身长、腿短、棕色毛、尾巴很大的动物，两脚直立，人一样地走着，头上顶着一块又脏又破的手绢，如唱戏一样在屋子中间边唱边扭。

接下来发生的事更让他毛骨悚然，那邪物跳到了他的被子上，在他身上跳着唱着，声音细软尖利。冰冷的风从门窗缝吹进来，李青身上麻麻的，冷汗从毛孔里渗出来，把床单和被子都浸湿了。

不知道过了多久，村里终于传来了村民们的嬉笑和孩子的打闹声。戏散了。那邪物腾地跳下床去，不见了。

李青偷偷掀开被子，又觉得一阵眩晕。他闻见一股刺鼻的骚臭味，黄大仙仓皇逃遁时留下了一泡尿。

李青心里不禁一酸，眼眶里的泪珠扑簌簌地滚落下来。他佝偻着身体，过早长出白发的脑袋一阵颤抖。

李青被黄大仙骚扰的事，在村子里传开了。白天他被拿枪的造反派押着劳动，晚上灰溜溜地回到牛棚，等待着黄大仙的"光临"。

这天晚上，他听见窗外传来咔嚓咔嚓的走路声，仿佛是姜工程师被批斗打肿了脚以后，后脚跟踩在鞋帮上拖沓着走路的声音。

他感到后脑勺上一股寒意袭来。吱扭一声，门被打开了，那脚步声来到外间屋炉灶旁，唰唰的声响，像是姜工程师活着时刷碗的声音。

他心脏狂跳，壮着胆子用手电筒向外间屋照去，却什么都没有。他倚在门后，两腿发软，喘着粗气。这时，那刷碗的声音又一次响起，他的腰带松开了，裤子往下坠，头发倒竖，绵软无力的双腿在发抖。那声音比上次频率还快,还有碗撞在铁锅上的声音。他满脸通红地冲出来,仍然是什么也没有。这一晚上,就这样反复地折腾着,直到他筋疲力尽。

第二天,他看见两个空的鸡蛋壳立在炉灶前。

这一天批斗会上,造反派用凳子腿打破了他的头,他的脸比平时肿了两倍。晚上躺在床上,又湿又冷的东西顺着脸颊流到下巴颏儿上,他知道是血,但没感到疼痛。他这样在床上躺了一天一夜。活着也没有什么意思了,不如像姜工程师一样用一条皮带……

突然门外传来前几天那种嚓嚓的走道声音,他没有力气站起来看,心里突然感到一阵轻松:来吧,结束这一切吧。但是奇怪,那声音来到他身边,却久久没有下文。他迷迷糊糊地睁开眼睛,顿时惊呆了:进来的是一个十八九岁的年轻姑娘。

他睁着红肿的眼睛又惊又怕地问:"你是谁?"

"你别怕,我是吴把式的闺女,以前是你邻居。"

姑娘声音很好听,体态娇美,眼如秋波,明亮的发辫像流水一样在背上流淌。

他虽然没同吴把式说过话,但从眼神里知道他是一个老实厚道的农民。他依稀记得这姑娘也是见过的,有几次被批斗的时候,他还在人群里还发现过她那关切的眼神。

"我爸让我给你带点药来,说你头被打破了。"

"你不怕受连累吗?"李青的声音有点颤抖。

"我不怕,我们一家注意你好长时间了。你是有文化的人,听说你写了好几本书呢。"

姑娘从口袋里拿出两粒药丸,温柔地把药丸送到赵青嘴里,他吃了觉得又凉又香。一会儿,李青就觉得胸中宽松舒畅,头脑

清爽,便酣然入睡了。

这天以后,姑娘每天晚上都来看望李青,每次都给他带来一些吃的和药。李青头上的伤渐渐地好了,模样也显得有光泽了。

两个人渐渐地有了感情,可是好日子不长,他被派去修水库。

他被批斗了一整天,踉踉跄跄地回到工棚。月亮照在窗上射出冰冷的寒光,他闻到自己身上散发着牲口一样刺鼻的气味。又冷又孤单的李青想起老姜,觉得那样走少了许多痛苦,走得痛快。

迷糊之中,他梦见了姑娘。她双目含情地对他说:"你终于等到这一天了,忘了我吧。我虽与你有缘,但过了今夜,相思也无用了。"这是姑娘给他报喜吗?但是后面的一句让他心中又闪过一丝忧惧。

第二天他接到通知,他真的平反了。

李青迫不及待地要见到姑娘。他买了一套中山装,穿得整整齐齐地回到劳改时的那个村子,在村口遇见一位年长的老人。他问:"我想找我的老邻居吴把式的女儿。"

"吴把式早就死了,他一辈子没娶过媳妇,哪有闺女?"

李青一时愣在那里。

李青忧心忡忡地来到那间牛棚前,绕着屋墙呼唤姑娘的名字,却没有声音答应。

这时房间的窗子被吹开了,一阵冷风吹起他的头发,一根枯草从地上飞起,在空中旋转,触到了他的脸。

落日像一堆篝火燃烧着地平线。

贵妇人

更衣室里,有人向大家大声夸张地告别,说是第二天去香港购物。听口音不是本地人,声音也很特别,不像大多数女人那样清亮,而是很有力量的沙哑的声音。

我脖子绕过更衣柜,看了一眼。一位五十多岁的女人,短头发,瘦瘦的,眼睛不大,眼窝凹陷,很张扬的样子。衣服里外好几层,穿得很复杂。最外一层,是一件白色的毛茸茸的短大衣。

她整个人全身上下流淌着富贵,让人想起那句歌词:"好运来我们好运来,迎着好运兴旺发达走四海……"

她走后,我也进了浴室。里面几个女人的脸厌恶地蹙出皱纹,议论着她:"打扮得像贵妇似的……"不像是羡慕,而是有点儿嫉妒,有点儿腻烦。

同她慢慢熟悉起来,是在民族舞课上。她穿的不是舞蹈鞋,而是一双像是长筒袜子一样软的,又有半跟的鞋。她又高又瘦,穿这样一双鞋跳舞,看起来像一只黑腿仙鹤。

有会员问她:"你穿着靴子跳舞呀?"

"不是靴子,你摸摸,上面跟袜子一样薄。我一看见这双鞋就迷上了,一定得买。"

"我会跳五十多首民族舞,我和我以前在贵阳的朋友说,她们不相信,我就发视频给她们看。"

她说的是实情,所有的舞蹈课她都上。"拉丁舞""爵士舞"

"肚皮舞""民族舞",就连健身房为了吸引新会员最近新开的"韩国骑马舞课"她也上。她跳舞时总挤在第一排,偶尔有事没来,还要到教练家去补课。

我有一次去健身房比较早,看见她已经在那里了,一只手拿着水杯,一只手拿着巧克力。她在同别人聊天:"我刚才去超市了,整整转了两个小时,买了一大包东西,都拿不动。这巧克力可没有我在香港买的好,又贵又不好吃……"

"吃了东西再跳舞,不难受?"有人问她。

"不难受,补充点能量,晚上回去再好好吃一顿,今天去超市我可买足了……哈哈。"健身房里的会员,下课后是有车来接的。她们多是全职太太,老公出去上班,送太太到健身房;老公应酬完了,再接太太回家。

这位贵妇人是每天被接送的,他的老公好像很殷勤,经常在我们没下课的时候打进电话。哑嗓子贵妇人喊得大家都听见:"马上,马上下来。"或是:"再等一会儿,这就下课了。"其他的会员听了总会笑。有的时候她也不急,对着电话说:"等会儿我,洗个澡再走。"

听她说过,早上睡到自然醒,下午去喝茶,然后等着老公把她带到健身房。这样的日子,真让我羡慕。

健身房里的有钱女人很多。有钱有身份的女人,多是被别人看出来的,从穿着、手包、化妆品上看出来。这位贵妇人却与众不同。

民族舞课是她最喜欢的,但这一天很奇怪,她来了,不跳舞,拿着手机给大家录像,说是要去欧洲旅行,三个月不能来了。"有录像做资料,可以经常复习。"她对大家说。

贵妇人果然好久没有来,健身房里清静了好多。

一天,我与"樱桃西施"在健身房里并肩骑自行车。"樱桃西施"是个全职太太,凝酥堆雪的肌肤,眼睛笑起来像是两弯月牙。她家里有两个樱桃园咖啡厅。钱和时间都闲着,挥霍不掉的时间,就扔在健身房了。

"贵妇人旅行还没回来吗?"我看见贵妇人和"樱桃西施"经常一起在休息区喝茶聊天,知道她们的关系很好。

"旅行?她住院了。我去医院看病人,遇到她老公。"

"是吗?什么病?"

"心脏的毛病,挺厉害的,做手术了。听说一百个人里也就存活一两个。""樱桃西施"回答。

"她保养得那么好,生活又轻松,怎么突然就病了?"

"她生活可不轻松。""樱桃西施"扭过脸来,看着我。

"两口子都下岗了。""樱桃西施"语气加重。

"不会吧?看她生活得挺轻松的,下午喝茶,晚上健身,老公接送……"我有些吃惊。

"什么呀!她女儿是盲人,三十多了,没工作。嫁了一个老公,也不怎么会挣钱。小两口生活全靠他们。"

"那老公还有闲心每天接送她?"我还是不明白。

"老公是开出租的,每天顺路接送她。""樱桃西施"说话的语气带着一点遮掩不住的轻蔑。

再次见到贵妇人,是在健身房的大门外。阳光照在她快活的脸上,还是沙哑有力度的嗓音。她从她健身包侧面的口袋里拿出一个纸袋递给我:"这是我从欧洲带回来的,你尝尝。"

纸袋上都是英文,看图片应该是咖啡饼干。

与贵妇人近距离接触,发现她的脸依然白嫩,依然细腻。

阿　布

在更衣室里遇到冰露的人，都听到过她说起她那位阿布。"我这几天没来，我家阿布不让我来。我要出门，阿布就可怜巴巴地看着我，看得我心软了。"

"有时候要出门了，找不到鞋，阿布给藏起来了。"冰露说起阿布的样子，就像有糖甜滋滋地含在舌头上。健身房的女人们感慨着，人家老公怎么那么体贴呢。

冰露是个全职太太，健身房里的全职太太都有钱，比上班的女人有钱，开豪车，穿高档服装，家里像是藏着聚宝盆。越不工作的女人，越有钱，这是千青这一年在健身房得出的结论。

全职太太白天的时间都用来逛商场，买高档衣服。有了高档衣服，又想有人分享喜悦，就穿到健身房来，让女人们分享成嫉妒、羡慕。

工作的女人上班穿正装都累了，来健身房就换上随便的衣服，像是要把一天的压力也释放掉。

"我今天穿上这件衣服，阿布就围着我看，看得我都不好意思了。"冰露头发梳得很紧，拢到脑后，盘成一个大发髻。连衣裙里裹着在健身房里塑出的有型肢体。

千青听说过冰露向老公要钱的段子。老公问要多少钱，冰露说："不多，先给十万。"

全职太太们有时间，有钱，却很少像冰露这样天天谈起自己的老公。女人对老公的钱和人仿佛不能兼得。

"今天阿布让你来了?"健身房的女人见到冰露习惯地问。"昨天我们去爬山了,他累了,睡了一上午,我来时还睡呢。呼噜打得震天响。"冰露说起阿布来,几乎不顾其他人的感受。

女人间的嫉妒,有时像眼影一样微妙。冰露的豪车、高档服装没有让健身房的女人们多羡慕、嫉妒,这里有钱的女人多着呢。冰露老公的陪伴却让大家很是向往。

千青的老公晚上12点了还没回来,也没有电话。她知道,他在外面喝酒呢。他是个公务员,工资不多,应酬却不比做生意的少。

千青老公买不起豪车,她每天骑自行车上下班。她来健身房是因为寂寞。没有人陪她散步、看电视。

她也不想打电话,因为她知道他会舌头僵硬地装成喝醉了。

女人的一切都是会传染的。千青不由自主地想起冰露。她多好啊,不用上班,花钱可以无节制地刷老公的卡。"她老公是做什么的呢?"千青想,他应该是一个老板,事业已经顺风顺水的老板,不用自己打理,有空闲的时间就在家陪老婆。

千青喝着柠檬水,窝在沙发里看电视,头发乱蓬蓬地贴在脑后。电视上正演一个有钱、有身份的已婚男人在外面风花雪月的故事。她换了一个台,一个被抛弃的女人趴在桌子上哭。

千青听见敲门声,有人喊:"嫂子,开门。"千青的愤怒压不住了,她知道肯定是老公喝多了,让人送回来了。老公喝了酒,回家来耍酒疯,排解工作、生活的压力。千青对他的酒后表现很反感。

她最不喜欢的是老公喝多了,又被送回来。她不愿意别人看见她在家里不化妆,又穿得随随便便的邋遢样子。

千青把门打开一条缝,见四个小伙子用一个床单把喝醉的老

公从楼下吃力地兜上来。四个小伙子像是也喝了酒,走得摇摇晃晃的。人在自己形象不好时,总是脾气不好。她大喊:"把他抬回去。"几个小伙子中,胆子大的说:"嫂子,我们把他抬到哪儿去?""从哪儿抬来抬回哪儿去。"千青嘭地关上门。

千青的眼泪忍不住流下来,她没有什么地方比不上冰露的,可是命运就这样不一样。

千青做了一个梦,梦见在咖啡厅里,一个中年男人很绅士地陪在她身旁。她能感觉到,那个男人是冰露的老公。

第二天千青去超市购物,看见冰露怀里抱着一个穿着夹克、戴着领结的喜乐蒂宠物狗。她身边是一个很有风度的中年男人。千青心里一阵狂跳,那正是她昨晚梦见的男人。千青走过去很是羡慕地说:"你就是阿布吧?久仰了。"千青也被自己的勇气吓了一跳。"谁是阿布呀!"男人绷起脸,很不高兴地说。

那个男人不耐烦地看了一眼冰露,又看了一眼她怀中的喜乐蒂宠物狗。

走错了房间

黄昏从高处悄悄降临,公交车开亮了车灯。再有两站就到终点站"情人旅馆"了,那是情人们相约的地方。丹妮心跳得厉害,就要见到那个在微信中每天陪伴她,却没有问过姓名和其他联系方式的人了。

丹妮同他在微信中约定,如果两个人中哪个不是为了结婚而交往,就不用赴约,以后也不要再联系了。

三十岁的丹妮不修饰时很平凡,稍微一打扮就很漂亮。她今天穿着小香风修身印花镂空蕾丝连衣裙,裙子毫无一丝褶皱地紧裹着她那纤细的腰肢。眼睛由于描了两条细细的黑色眼纹线而显得更加明亮。

丹妮的前男友是一个非常帅气的小伙子,大家都说他长得很像韩国明星金贤重。他经常去健身,健身房里围在他身边的女孩很多。加上丹妮总是拒绝他过夜的要求,"金贤重"在和丹妮相恋两年后,禁不住诱惑,丢下丹妮,同健身房里的一个女孩走了。

丹妮赌气也来到健身房,她要塑形,练出好身材。

丹妮在健身房休息的时候,喜欢玩微信。微信很多功能她还不会,她试着用了微信"摇一摇"就有几个人主动和她打招呼:"美女身材真好!""交个朋友吧。"吓得她赶紧退出。

她忍不住好奇,在手机"附近的人"中浏览。竟然有这么多"100米以内"的人。一位叫"微风拂面"的人给她打招呼,丹妮想,这个人应该是在健身房的人,她就加了他为好友。

丹妮在健身休息的时候,都和"微风拂面"聊一会儿。她不开心的时候,他会给她发来轻松音乐的链接地址;在网上买衣服,他也陪她逛网店,从颜色到款式,他都是一个有品位的参谋。

她觉得那个人应该也在健身房,至少离她不远。

她穿着他推荐的衣服在健身房遇见尤嘉,尤嘉非常惊奇:"这个人好像很懂你耶,衣服与你的气质如此相符。这么好的人别放过,见一面吧。别再像前男友一样错过了。"

于是她在微信中对他说:"见一面吧。"

"在哪?"

"情人旅馆。"丹妮鼓足勇气说。

"你去过吗?""微风拂面"问。

"没有,朋友介绍的。"朋友尤嘉经常去那个地方。不问男人的任何情况,约会后就没有联系了。丹妮不想学她,她是想找一个结婚的对象。

"我找朋友是以结婚为目的的,如果你不是这么想的,那一天可以不去。"丹妮说。

"我会去的,半年来我就等着这一天,我也是想找结婚的女友。你也一样,不想和我继续下去,可以不来,我永远不会再打扰你。"他回答得很干脆。

丹妮愣愣地想心事的时候,突然有人拍她的肩膀。她回头一看,是一张胖胖的笑眯眯的脸。那是她的健身俱乐部的一个会员,被大家叫作"馊狐"的女人。她说话尖声细气,胸脯和腰像馒头一样炸开着,在更衣室浴室里停留的时间比在健身区还长。丹妮经常听到她在浴室里跟人打听一些新鲜事,再说些绯闻作为回报。

她看见丹妮时,眼睛里闪着亮亮的兴奋的光。丹妮立刻觉得浑身发热,她的心脏和太阳穴都快速地跳起来。

"你是去?"女人惊奇地问她,用猜疑的眼光打量着丹妮。

丹妮犹豫了一刹那,声音有些不自然地回答:"我到下一站批发市场买些东西。"她灵机一动,想起下一站是一个大的批发市场。丹妮用力攥住手提袋的一角来缓解紧张的心情,遮住窘意。

"是吗?"女人的眼里闪着不信任的目光,"看你穿得这么漂亮,以为你是去终点站。"说着,她尖声刺耳地笑起来,省略了后面的话。丹妮的心在身子里翻了个身,手里的手提袋掉在了地上。

"你的手提袋掉了。"女人像是看破了丹妮的秘密,神秘地笑起来,眼角上绽开两朵菊花。

丹妮觉得浑身不自在,女人却显得很兴奋:"你知道吗?我经常坐这趟车,遇到过咱们健身房的尤嘉。于是我跟着她坐到了终点站,看着她进了那家'情人旅馆'。""你们这些年轻人,哈哈,真浪漫,不结婚,找陌生人玩。"女人眉飞色舞,瞳孔放大。惹得车上的几个人都转过头来看她们。

"批发市场到了。"车上的自动扬声器提醒着大家。女人冲着她笑笑说:"走吧,一起转转?"说着带着肥滚滚的屁股,从椅子里站起来。

丹妮随着被大家叫作"馋狐"的女人下了车,跟在像是肥溜溜的矮种马的女人后面,在市场里没有目的地闲逛。她想在微信中告诉他她不能去的原因。可是手机没有信号,微信总是发不出去。丹妮看着商场货架上的商品,心里泛起一种奇怪的心痛。

胖女人像是看破了丹妮的心思,拉着丹妮吃了夜宵才各自回了家。丹妮回到家的时候已经半夜了。她筋疲力尽地躺在床上。她没有赴约,表明她不想跟他交往下去了。"微风拂面"也不会与她联系了,她迷茫回想着与他认识的经过,觉得再也遇不到像他那样了解自己的男人了。

微弱的灯光照着窗外的一片地方。此刻仿佛能听见深沉的、女人般的黑夜的喘息。

天快亮的时候,丹妮还是没有睡着。她打开手机,突然看到了两个小时前他给她发的一条微信。丹妮的心里一阵狂跳:"你已经回到家了吧?谢谢你昨晚的陪伴。想不到我们是这样默契,只不过你许多事情都记错了。你像我想象的一样幽默淘气,说自己是走错了房间。"

健身伙伴

老板娘在器械区慢悠悠地蹬着自行车。双腿的交替运动,牵动着裹在黑色运动服里的细腰也跟着微微扭动着。

她今天没有心思健身,她在等她的雇员小愚。小愚有两份工作,白天在老板的公司做秘书,晚上陪老板娘在健身房健身。

老板娘五十岁不到,看起来还年轻。只有在思考问题时,光洁的额头上才出现皱纹。可是毕竟人到中年了,就像过了节气的花朵,花瓣是冰冷的,香味也淡了。

最近她老公总是提离婚的事,还拿出离婚协议书让她签字。他怀疑老公外面有人了。

老板娘不想离婚。至少要找到老公出轨的证据,离婚时能多分到一些财产。

"老板娘您来了。"一个嘶哑的乡下口音怯生生地说。

老板娘听见小愚的声音,觉得很好笑。她没隐藏住跳动在嘴边的嘲弄。

这个小愚是她在应聘的几十个人中挑选出来的,做她老公的秘书她放心。

整个健身房没有一个像小愚这样丑的。她个子不高,带着高度近视眼镜,背有些驼,牙齿往外撅,把嘴唇都推出来了。所以嘴唇看起来是合不上的。

"你到公司一个多月了,老板身边有什么乱七八糟的女人吗?"老板娘直来直去地问。

小愚垂下头,不说有,也不说没有,只是用舌头舔着露出的龅牙。

"我雇了个哑巴啊!"老板娘大叫一声。她习惯了以严厉的方式显示自己高贵。

小秘书显得很害怕。"你走吧,真没用。"老板娘非常烦躁。

老板娘开始留意老公的行踪,她发现老公的衣服上有一根女人的黄色长头发。

这头发不是老板娘的,她自己的头发是黑色的。

健身房浴室里,老板娘忍着怒火,问给自己搓背的小愚:"这几天,你发现什么了吗?"

小愚还是胆怯的样子。

"说吧,别怕,月底给你加薪。"

小愚把老板娘的头发从她脖子后撩开,然后用毛巾在她的后背轻轻地搓着说:"我是怕您气坏身体,这件事我也是气得一宿没睡。"

"我包里有几张照片。"

"快去拿来给我看看。"老板娘站直身体,用手使劲推着小愚光溜溜的胳膊,示意她快去拿。

小愚赤着脚,哧溜哧溜地弓着背走出浴室,从更衣室的包里拿出一个纸袋,又从里面拿出几张照片,交给老板娘。照片上老板娘的老公与一个染成黄发的漂亮女孩亲密地坐在一起。女孩深情地望着老板娘的老公。

"明天老板出差你同他一起去吧。"老板娘对驼背女秘书说。

"最好能抓住他们上床的证据。"

"放心吧,我会尽力的。"小愚不住地点头。

第二天晚上,老板娘在健身房跑步机上跑了一会儿,感觉身上轻松了好多。她坐到休息区,要了一杯饮料,然后给小愚发信息:"你们哪天回来?"

"三天以后。"小愚回复。

"嗯,晚上不要给我打电话了。今天累了,一会儿我关机。"

"好的,我知道了。"

老板在宾馆里刚刚睡着,突然听见敲门声,还有小愚急促的声音:"老板娘刚才给我打电话,说有急事让咱们赶紧回去。"

老板赶紧抓起电话,老板娘的手机是关机的。

"老板娘的声音很着急,咱们赶紧回去吧。"小愚催促。

4个小时后,小愚与老板来到家门口。小愚提醒老板:"钥匙在您的手包里,这么晚了,别敲门了。"

客厅里是安静的。老板推开卧室的门,不禁失控地吼叫起来。小愚跟进卧室,老板娘正与一个年轻的男子躺在一起。被惊醒的老板娘一脸惊慌:"你们怎么回来了?"

"是我说您有急事,老板才连夜赶回来的。"小愚的声音很清脆,没有了郊区的口音。

"我对你这么好,你怎么害我?!"她说着抓起一个水杯准备向小愚掷去。这时,他身旁的青年已经穿好衣服,夺过了杯子。

小愚让微笑在双唇上停了一会儿说:"黄头发女孩是我扮演的,我到这里应聘是来报仇的。"她对着老板说:"你的老婆,用你的钱背着你勾引我男朋友。"他用手指着那个男青年:"我男朋友因为她和我分手了。"

小愚的脸上颤动了一下。她慢悠悠地站直了身体,摘去了眼镜,扔掉假牙套。原来她并不驼背,是一个很清爽的女孩。

健身房里的肌肉男

我每天去瑜伽房练瑜伽的时候，都要穿过练器械的大厅。这里有许多虎背熊腰或正在朝着虎背熊腰发展的肌肉男士。

我不喜欢男人身上蹦出像鸡蛋或石头一样的怪东西。更何况他们在练习时，总是无论皮肤黑白都光着脊背，嘴斜眼歪地痛苦怪叫。

肌肉男放下杠铃砸到地板上，发出的巨大轰鸣声，也让我恐惧。我害怕地板被杠铃的巨大冲击力砸断。

我总是在心里祈祷：我是来健身塑造体形的，千万不要让这些人砸断地板，把我摔到楼下，让我变成残疾呀。

我有时甚至观察四周，看看万一地板被砸断了，我应该抓住哪里，才能减小伤害。

我从他们身边走过时，从不看他们，连余光也不放出一点。

过分的肌肉，我不欣赏。施瓦辛格肌肉饱满，可是人家也有精明的头脑和睿智的眼光。这器械区里的肌肉男，总感觉身材或是肌肉不太匀称。他们的形象让我想起美国电影《金刚》里的"金刚"广告画。

在瑜伽房里练了一段时间，教练让我增加跑步和器械训练。这样每天都要与肌肉男们近距离接触。

我尽量做到不引起他们的注意。他们有时故意放下器械，站在镜子面前摆弄自己的肌肉。我装作没看见，心里觉得很好笑，

想：哥们，你的肌肉练偏了，一点儿也不匀称，我不感兴趣。

也有的肌肉男，看见有女会员经过，故意大喊大叫做出很勇猛的样子，或是痛苦地嗷嗷怪叫。

天气冷了，瑜伽房里练高温瑜伽用的一排暖气，都打开了。已经过了大雪节气了，高温瑜伽房里，我们却是大汗淋漓。大家在做"回春系列"的"下犬式"。我们臀部朝向天花板，头朝下，身体向腿部的方向一点点按压。大家身体舒展，心情也愉悦。没有人注意到室内开始弥漫一种怪味。电暖气已经悄悄地烤着了四壁的窗帘。大火一下子把我们围了起来。

我们吓得尖叫，十几层的楼房，我们不知如何逃生。就在这时，变形的大门被冲开。肌肉男们端着脸盆和水桶冲进了浓烟滚滚的瑜伽房。这一刻，我真是觉得施瓦辛格来了。我们得救了。

十几个肌肉男在瑜伽房和洗手间之间狂奔着，大火很快被扑灭了。

第二天，我再去健身房。经过肌肉男的身边，仍然听见他们夸张地吼叫。我虽然眼睛还是不看他们，心里却在念叨：坚持吧，你们会很棒的。

呼　吸

优璇是喝露水也长肉的人，她没去过美容院，却在健身房泡了十年。前不久，过去那家健身房歇业了，第二天优璇就在这家全市最大的健身房办了一张三年的健身卡。

"嗨!"优璇听见那脸上糊着绿泥的女人像是在向她打招呼。优璇不能断定是在叫她。优璇左右看看,没人应声。那人又喊了一声:"嗨,老朋友都不认识了!"女人声音很尖,有些熟悉,优璇赶忙走近两步:"你是?"

"哎呀,我是金枝。"听了对方的名字,优璇呼啦一下子就想起来了。金枝是几年前她在另一个健身房认识的。那个健身房歇业,优璇就到这个健身房来了。想不到金枝也来了。

优璇要是甜的,金枝就是辣的。金枝说笑的口气,都能字字如刀。金枝一张完美的鸭蛋脸,杏仁眼,眼睛很亮,神气十足。自从金枝的叔叔做了省里的领导,她父亲的生意就越做越大。金枝的脸上也多了一层轻蔑的高人一等的微笑。

这时,一个身材匀称的女教练从浴室里走出来。金枝斜眼看了她一眼,嘴角撇得都歪了,不避讳地说:"瘦得骨头咯吱咯吱响,不好看。"优璇赶紧对她使眼色,示意她小点声,金枝翻翻眼球,表示她无所谓。

金枝对优璇说:"刚才天泽听说咱们一起健身,说一会儿请咱们吃饭。"优璇心里咣当一下。天泽是优璇多年前在健身房认识的。优璇对他很有好感。优璇爱情小说看得多了,觉得这时候应该让天泽失望一下,于是说:"今天晚上真的不行啊。老公不在家,我上一节瑜伽课得赶紧回去陪女儿。""呸,好像就你有孩子。"金枝撇着嘴说。

瑜伽教练细声软语地引导大家:"吸气,脊柱向上伸展;呼气,向右侧弯曲脊柱……"优璇心里想金枝和天泽正在一起,感到内心有些东西在翻腾。优璇乱了自己的呼吸。呼吸乱了,心就乱了。她脚跟站不稳,身体前后晃动了两下。

不久,优璇单位传出机构改革的消息,她的部门有两个女的,

她和芳芳,只能留下一个。她没告诉金枝,怕她看不起自己。优璇去局长办公室签字,听见局长热情地对着话筒说:"……祝贺老弟!祝贺!晚上我一定去……"放下电话,局长对身边的人说:"天泽升得真快!三十几岁就提了正处,晚上他请几个单位领导吃饭,前途远大呀。""现在的领导,都是他父亲提拔起来的,他老爹厉害嘛。"另外一个人说。

优璇的心里一动。既然天泽和自己领导有这么密切的关系,干吗总是躲着不见呢?如果真到改革那一天,知道了自己的困境,天泽会帮助她的。于是在天泽再一次邀请金枝和优璇时,优璇答应了。

优璇到达饭店的时候,气喘吁吁,红通通的脸蛋好像正在下落的太阳。金枝像是喝了酒,笑得花枝乱颤,优璇看出了金枝心里的幸福。金枝在喜欢的男人面前也从不伪装。优璇今天披肩长发,波希米亚长裙,蓬松的刘海垂在前额,犹如三月的杨柳。"哎呀,你真靓呀。"天泽大声地喊出来。

金枝起身去洗手间。天泽举着酒杯走到优璇身边,小声而动情地说:"好几年没见了,你结婚的时候,我没去,让人送了两个花篮,怕看了穿着婚纱的你,心里不好受。"优璇突然想起婚礼那天,是有两个没署名的花篮,她的女朋友看了说,一定是旧情人送的。

几个人来到歌厅。昏暗的光线下,优璇的目光与天泽厮磨了一会儿。天泽那满含深情的歌曲,都像是唱给优璇的。他抽烟太多,嗓音没有以前清澈了。优璇还是激动得落了泪。

机关里又传出优璇与芳芳只能留下一个人的消息。优璇和看电视的老公商量自己工作的事,老公眼睛盯着屏幕不急不慢地说:"下了岗咱们做点生意也行。"优璇拿起遥控器,换了一个台:

"三十岁了,没经验,没有关系,能做什么生意?"老公气愤地说:"换过来,最后一集了。"

优璇决定找天泽帮忙,她忐忑地拨通天泽的电话:"能帮我说说话吗?我在这个岗位已经十几年了。另外一个才来,业务上不熟悉……""我是同你们领导有来往,可是这种事太敏感。咱们这个城市又太小。为你说了话,别人会怀疑咱们两个的关系。我老婆有同学在你们单位,这里面挺复杂的。同你老公商量商量吧,我一会儿还有一个会。"天泽的声音很冷漠。

优璇拖着疲倦的身体到了健身房。在更衣室,她看到了金枝。金枝看着镜子里的自己,像是在欣赏一个绝世佳人。她脸上的表情仿佛在说:"沉鱼落雁,闭月羞花。"金枝用那细而弯的眉毛下的眼睛,扫了一眼优璇说:"听说你们单位要精简机构了?"她的消息真是灵通,优璇不愿意看金枝那傲慢的表情。优璇换着衣服,眼睛也没看金枝说:"哪有你命好,我马上就下岗了。"事情有的时候,就是这样出人意料,优璇没有想到,金枝用笛声一样的声音说:"我晚上就给叔叔打电话。"

正巧金枝主管纪检的叔叔来他们市里检查工作。在酒桌上,金枝同叔叔说了优璇的情况。优璇留了下来。后来优璇听说芳芳也没有下岗,而是去了另外一个收入更好的部门。

优璇躺下来,跟随教练的声音进入"瑜伽冥想放松功"。教练轻柔的声音传来:"浮躁的心平静下来,放下一切。聆听自己平和的呼吸!一切的一切不过是过往云烟!疲乏后的安逸是最甜美的享受……"优璇觉得自己心里一朵莲花正在盛开,身体很轻,像是要飘起来……

优璇在这冥想解说词中,沉沉睡去。

生活可以更美好

几天前一位朋友过生日,我抱着一大捆花束从花店出来。一辆出租车停在我身边。我对司机师傅说:"您把后备厢打开,我把花放进去。"我连说了几声,后备厢仍然打不开,只好放弃了。

我有些生气地打开车门。看到司机的脸时,我的"气"被一股力量从头顶一下子顺着脚底冲走了。这股力量来自司机的那张脸,看到这张脸我不再有"气",而是全身发冷了。

司机那张脸实在是太丑了。谁见了他,都会觉得任何一个画家都没有把鬼画好。

他的脸是青黑色的,五官像是在一张黑色木板上雕刻出的几个洞,一点儿生气都没有。我犹豫着是否上车。可是车门已经打开,不进去怕激怒司机,给自己找更大的麻烦。

这张脸像是来自地狱,他会把我带向地狱吗?我正活得兴高采烈,不想跟他下地狱呀。

我能够帮助自己的就是尽量讨好他。我歪着脶子用很关心地语气说:"师傅,您的座位周围怎么没有保护架呀,别的师傅车上都有的。晚上出来多不安全啊?"

"原来有一个架子,后来拆了。有车祸时躲不开,不方便。"他的口气很温和,并没有地狱的阴森气息。

"那您一个人开车不怕被打劫?"

"我会看人,像你这样的,抱着一大捆鲜花上车,就是让我去天边我也不怕呀。"想不到司机竟说出这么有人情味的话。我紧张的心放松了一些。我把僵硬的头靠在靠背上休息了一会儿。

几分钟后，突然觉得有什么地方不对劲。往窗外一看，确实不对了。我指着刚刚经过的路口大声说："师傅，那个路口该拐弯了。"

他哎哟了一声，这时已经不能掉头了。车子只好继续向前，走一大段冤枉路了。

我对他的好印象一下子又没了，他这么做是故意的。

我不想再讨好他，也不想同他说话了。出租车开到我朋友家小区外，我准备下车。他说："别下车，我开进去。你的东西沉，走着太累。"于是他同门卫解释了几句，一直把我送到朋友的门前。

下车时我按照计时器上的金额把钱递给他。没想到他只收下整钱，还给我几块零钱，并说："对不起，带你走了这么长的冤枉路，耽误你时间了。"

这时我再看他。夕阳下，他的面庞不再是青黑色，而是一种温暖的金色，带着傍晚阳光的气息。五官也是那么友善，和刚刚见面时判若两人。

我微笑着，从那一捆花束中抽出一支送给他。他也笑了。这时，他应该和我想的一样：原来，生活比想象的要美好啊！

小肥肥和她的男友

谁都看得出来,小肥肥来健身房不是来健身的,是来找男朋友的。

小肥肥的家庭条件非常好,家里给她准备了房,准备了车,只是因为人长得胖,胖得威猛,一直没有找到合适的男朋友。

小肥肥高高大大的个子,戴一副宽边近视眼镜。她在健身房里,穿着低腰肚皮舞服,露出白白嫩嫩的一大截凸出的肚皮,走起路来颤颤悠悠的像要流出脂肪来。

小肥肥到器械区肌肉男集中的地方转转,男会员发现有女孩注意,更加卖力气,练得红头涨脸、热汗直流。小肥肥却不满意了,捂着鼻子对同伴说:"这些有肌肉的男人好臭啊。"

"你喜欢有香气的男人啊,你去瑜伽房,那个男瑜伽教练喜欢用香水。哈哈。"

小肥肥站在了瑜伽房外。她不练瑜伽,她弯不下腰,劈不开腿。她一身红色肚皮舞服,丰满的胸和白白的大肚皮贴在玻璃墙上。

教练细高的个子,戴着白框眼镜,穿紧身裤,嘴唇红红的,是标准薄薄的 M 型。他在瑜伽房里指导着会员的体式,走起路来,样子有点儿扭腰夹腿。

瑜伽房的女人们,在闷热的瑜伽房里,穿着低胸吊带瑜伽服,也没有什么难为情的,教练声音柔软,皮肤白嫩,手指纤细,似乎没人把男教练当成异性看。

一节瑜伽课后,教练双手合十,放在胸前,闭上眼睛,鞠躬行礼。本来应该是静悄悄地下课了。这时突然响起了掌声,声音不大,会员们寻找声音,原来是小肥肥隔着玻璃墙鼓掌。

从这以后,每节课下课,小肥肥都隔着玻璃墙鼓掌,引得瑜伽房里也掌声一片。

小肥肥来健身房不开车了,瑜伽房下课后,她就跟在男教练后面。男教练推着电动自行车。她对教练说:"陪我走走吧。"看教练有些犹豫,她又接着说:"我的猫丢了,我可难过了。"教练甩了一下头,说:"好吧。"

小肥肥紧走了两步,凑近教练说:"帅哥,你骑车带着我吧?"

"那可不行。"

小肥肥知道他的意思是自己太胖。

就很大度地说:"我带着你。"

小肥肥已经坐上车子,命令着:"快上来。"

小肥肥驾驶的电动车,在车流中飞快地穿来穿去。一个超车的惊险,吓得教练搂住了她的腰,嘴里喊:"这么快!讨厌啦!"

小肥肥回过头喊:"我心里不好受啊,我那只猫……"这时咣当一声,电动车拐弯时,没刹住车,撞到了一辆停着的汽车上。

教练"妈呀"一声叫。

小肥肥跳下车,对着从车上下来的车主大叫:"车子怎么放在这儿!"

车主看见被撞凹的车门,心疼得直叫。

小肥肥问车主买的是什么保险,车主说是全险,小肥肥说说:"你负全责,这样你也好报保险修车。"

教练躲在小肥肥的后面,没说一句话。

事情解决了。教练夸小肥肥:"你真能干呢,佩服你。"小肥肥听了,推一下眼镜,扬着下巴说:"以后我保护你吧。"又加了一句:"要不你做我的小猫吧。"

教练答应得很爽快:"那好吧。"

小肥肥就成了教练的女朋友加保镖,小肥肥每天接送教练,教练为小肥肥整理房间,衣服井井有条地分类,不穿的衣物叠成方块,整齐地码在宜家的那种白色收纳箱里面。

周末,教练挎着小肥肥的胳膊,陪着她逛商场。没人的时候,小肥肥就说:"咪咪,来,哆一下。"教练把细长的身体扭一个弯:"讨厌啦。"

小肥肥对教练有了不满,是因健身房器械区那几个肌肉男。他们看见小肥肥,就装作男瑜伽教练的样子捂着嘴笑,还学着说那句娇柔的口头禅"讨厌啦",惹得女会员们都忍着笑。

小肥肥心情不好了,知道他们笑话男友"娘娘腔"。她一个人到了酒吧,喝了好多酒。两个喝得摇摇晃晃的黑人走过来,其中一个手臂搭在她肩上,喷出的酒气,熏得小肥肥往后躲。那个黑人手臂死死地压着她,压得她不能动。

就在这时,传来粗野的怒吼,男瑜伽教练拎着一个灭火器,风一样地冲过来。那两个黑人扭头就跑,教练一直追了好远。他回来的时候头发全都竖着,脖子和手通红通红的,活像一只狮子。

教练回到小肥肥身后,从后面抱着她。那样子有点像大师兄攀着二师弟,小肥肥有点儿不好意思。她挣扎了两下,想甩掉他。他却把头靠在她肩膀上,紧紧地。

阴郁的眼睛

健身房的更衣室里,遇见一位穿黑色透视装的女人。与她擦肩而过时,我留意了一下她,身材不错,只是眼神太阴郁了。这个女人像是罩在一个阴森森的圈子里。

广播里播放着肚皮舞课开课的通知。我推开操房的门,发现刚才那位穿黑色透视装的女人竟是教练。

我问身边的一位会员:"这个教练怎么没见过?"

"新来的教练。她叫 Bella。"那位会员小声地告诉我。

"以前做过教练吗?"我接着好奇地问。

"没有,她是学员。学了几年,现在当教练了。"

黑透视衣教练开始做舞蹈示范。她的舞蹈一点儿也不美,只是面色阴郁地带着两条粗腿在台上蹦来蹦去。"这是跳舞吗?像做体力劳动似的。健身房的老板也太能糊弄咱们了。""现在肚皮舞教练不好找。"几个会员在后面小声议论着。

我心里想:"一个人跳舞的时候,都这样阴郁。她的生活一定不快乐。"

同事英英是一个非常要强的女人,工作业绩在全科室是最好的。家里有一儿一女。英英在家里也很强势,她主外,老公主内。突然有一天,英英不来了。她的老公来找领导,说她得了癌症。

英英的老公,本本分分的一个人,个子不高,大眼睛,双眼皮,白白净净的,和女同事说话时还有一点儿腼腆。我们在背地里

说,英英把老公管得太严,不让他同别的女人说话。

英英得了病,她的老公为了凑医疗费,就辞了工作,自己经商,做了一个小老板。

英英在生病的第三年去世了。我们想,英英的老公那么内向,没有了英英,一定很伤心。年底发职工困难补助的时候,虽然英英不在了,大家还是给英英争取了一些。

英英老公推门进来的时候,我有点儿不认识他了,他显得有些苍老,眼睛也没有以前亮了。他说:"科长给我打电话,让我来领补助。"我说:"你坐吧,科长出去了,你等一会儿。"我想说几句安慰的话:"你现在辛苦了,两个孩子还在上学。""也不辛苦,我有……"他迟疑了一下说,"我现在有一个伴儿,她比我小十岁,也是离异的。"他的话,让我吃了一惊。

"这么快就再婚了。"我的心里一沉。英英走了才半年。想起英英生前说她的老公如何会做饭,出差回来给英英买的衣服,比英英自己买的还合适,英英刚走,他就再婚了。

"英英有病的时候,我们就认识了。和朋友一起吃饭的时候认识的。"看见我不说话,他自己说了起来。大概越不熟悉的人,越容易说心里话。

"她老公有外遇就离婚了,英英病了几年,她一直在等我。"

"英英知道她吗?"我插了一句话。我知道那个"等"的含义。

"英英不知道,不能让她知道。"

"现在你们在一起了,挺幸福的吧?"

"英英治病的时候,我和她觉得对不起英英,但是有幸福感。现在英英走了,我们也结婚了。不知为什么,以前的感觉没有了。"他说到这里,我倒是想听他的故事了。就问:"她是做什么工作的?"

"她是一个设计师,业余喜欢跳肚皮舞,现在在健身房做教练了。"

我突然想起健身房里那个眼睛阴郁的教练,就问:"她叫什么?是叫 Bella 吗?"

"是呀,是呀。你认识她?"

"不认识,只是听朋友说。"我不想说我认识她。

"她就是高兴不起来……"英英的老公还在说。

健身房里 Bella 在跳舞。灯光下汗水在她的肩膀上像珍珠一样闪着亮光,她得到了她想要的东西,但是她没能摆脱一个阴影,那个阴影永远留在了她的眼睛里。

更衣室里的目光

这双眼睛确实电到我了。第一次看到这双眼睛,我就心里一颤。这样的目光,应该来自异性。但是这双眼睛却长在女人的脸上。这双眼睛,眼窝很深,目光专注又有穿透力,有点儿像电视剧《不要和陌生人说话》中男主角的眼睛。

遇到这双眼睛是在健身房的更衣室里。那天我从包里拿出新买的一件瑜伽服。打开衣服时,我不觉吃了一惊。不知道是我自己不小心,还是衣服本身的问题,我发现后背上有一个洞。

我尖叫了起来:"这是怎么回事呀?新买的,一次还没穿,就有一个洞。"衣服是上周末从北京买回来的,不可能为了退衣服再去一次北京。我坐在更衣室的长椅子上抱怨。几个正在换衣

服和从浴室里走出来的会员,都说不知道哪里有好的做手工的能补救一下。

这时一个声音从上方传来:"'东安市场'里有一家做活儿好的。"我抬起头来就看到了那双眼睛。这双眼睛应该是长在男人身上的,目光那么有穿透力,像是一把能刺入胸膛的利剑。这样的目光,我不敢直视,赶忙躲开了。我心里嘀咕:"这新来的女清洁工,目光怎么这样怪异。"

按照她告诉我的地址,我去了"东安市场",果然找到了那个手艺人,补过的衣服一点儿也看不出缝补的痕迹。再见到她时,我主动表示感谢。而她的那双眼睛的穿透力,又一次把我击中了。是那种被抓住的感觉,用目光抓住。

每天下午5点钟左右,会员们陆续来到健身房,大家的习惯是先去浴室洗澡,再各自去上课。新来的保洁员,这个时间好像没有什么工作了。她站在更衣室的一角,用她那鹰一样的目光,望着浴室里面。浴室和更衣室是开放的,会员们在更衣室脱下衣服,再走进浴室。她站的位置,可以把浴室里几个人的五官都看得清清楚楚。

从浴室里出来的,提着小篮子带着沐浴液和洗发液清香的会员,就像是被放大的人物照片,被看得更加清楚。

有了那次补衣服的经历以后,她好像特别愿意和我说话。往往声音没到,目光就到了。那目光像是能转弯,我低着头穿鞋的时候,都能感觉到那目光从她站的位置绕过来看着我。

我想,她要是有绘画功底,这段时间应该大有长进。上班时用眼睛照下模特,回到家里,支起画架,每位会员只用几笔就能淋漓尽致地勾画出来了。

女人看女人的目光,为什么这么深邃?那制服包裹下的身体,究竟是不是个女人身？无论怎么样,被人用闪亮的探照灯一样的眼睛看总不是一件愉快的事。后来,只要看见她像战士一样站在对着浴室的一侧,我就懒得走进更衣室了。

这一天瑜伽课后,我又在跑步机上跑了一会儿,快要闭馆时才回到更衣室。我看见浴室里只有三个人,而其中一个竟然拿着一把笤帚,在浴室里扫地。"哪个会员干起清洁工的活儿了？"我心里想着。我戴上近视眼镜才看清楚,原来是那个目光犀利的清洁工。她在浴室里一丝不挂,腰板挺得很直,像是示威一样晃动着笤帚。我看清楚了,她确实是个女人。

这一次的发现,缓解了我对她的抵触。再见到她时,我主动迎上她的目光。可是她却突然不理我了,和她说话,她像是听不见,也不看我。兵器一样的目光,收起来了。

是不是我过去对她有不礼貌的地方,让她反感我？我想挽救,可是连续几天都看不见她。又过了几天,还是看不见她。后来,新来了一个保洁员。我一打听,才知道先前的那位目光如剑的保洁员不在这里干了。

我很好奇这件事情,去前台打听。正好俱乐部的领班在,我问:"咱们又换保洁员了,刚来不久的高个子保洁员去哪里了？""她呀,有会员反映她举止怪异,说如果她在这里,就退卡。所以老板就把她辞了。"领班漫不经心地说。

蛊 女

娜霜嫁不出去,是因为没人敢要。

她是全寨最美的姑娘,蜂腰,丹凤眼,肌肤胜雪,每一点都符合寨子关于蛊女的传说。

村子里的人说:"蛊女凶得很,害人的。"娜霜和奶奶被赶出去,住到寨子外的山坳里。娜霜每天用黄酥酥的水籽米扫帚扫地,清水在堂屋地上泼三次水,也没有人愿意来做客。

没人敢要,不代表没人想要。

黑龙就想让娜霜做他老婆,他不怕娜霜是蛊女。他愿意变成腊肉让她吃,变成牛马让她骑。

扎诺是个英俊的小伙子。他包上雪白的包头出现在纵歌盛会上,歌声嘹亮,舞姿刚健优美,寨子里的姑娘们没有不动心的。

扎诺的心里装着青梅竹马的娜霜。他经常爬上玉兰树,躲在浓密的树叶间,偷看娜霜光着脚,走到古井旁,将水罐装满水的样子。

扎诺对阿妈说:"我要给娜霜额头上抹上酥油,共烧一塘火。"

"那怎么行!她是蛊女。砍地只为一年,结婚却要过一辈子。"

火塘的火都熄灭了,阿妈还是不同意。

这一年寨子里突然来了许多游客,女人们穿着山外时尚的衣服。娜霜看见一个姑娘脚上穿着一双红色皮鞋。鞋面上还有流苏和水钻。

娜霜还没有穿过皮鞋,她想要一双红色的。她要是用买糖买盐的钱买双红皮鞋,奶奶会生气的。

娜霜在小溪旁对着自己水中的影子,说出了心事:"阿妈把我生得如孔雀一样美,我活得像麻雀一样卑微。我的愿望是有一双红色的皮鞋。"

小溪带走了娜霜的倾诉,寨子里的人都听到了。娜霜想要的定情物是一双红皮鞋。

黑龙腰圆膀厚,脸上有明显的伤疤。眉骨上那一道,斜斜地由额角上滑下来,把眉毛也影响得稀秃了。

黑龙没有惧怕的事情。他凭着酒力,冲冲撞撞,来到娜霜家竹楼下,高大的身躯黑熊一样遮住了她家的门:"我黑龙柴刀砍死过野猪,空手捉过毒蛇。嫁给我吧。我愿意做你家的一条狗,一头牛。"黑龙拿出一个盒子递给娜霜。

娜霜打开盒子,里面是一双红皮鞋。

娜霜拿出亲手做的筒帕,抚摸着,这是她给扎诺做的。奶奶走过来,她已是皱纹满额。她低下头,白发如马尾似的散落下来。她对娜霜说:"砍出去的长刀是不能收回的。黑龙虽然长得凶,可是有力气,心眼好。"

娜霜把筒帕递给黑龙。黑龙舒心地笑了,粗糙的脸上布满汗珠。

婚后黑龙得了一种怪病,四肢无力,躺在床上站不起来了。寨子里的人议论:"蛊女呀!害人精!"

没有人搭理娜霜,她家的桃子掉在地上也没人敢吃。

黑龙躺在床上,如被捆住手脚的怪兽,大喊大叫地骂人。娜

霜知道对不起黑龙,白天出去干农活,晚上坐在黑影里不说话。

　　黑龙看见娜霜伤心的样子,心也软了。他让娜霜坐到他身边,粗糙的嗓音变得细弱了。他眼睛望着窗外说:"是我对不起你,有件事情……"娜霜连忙站起身:"黑龙哥你别说了,是我连累了你,我要把你的病治好。"

　　第二年的秋天。田里的谷子收割了,地里的黄豆、地瓜也归家了。娜霜决定到山外打工,她要挣钱给黑龙治病。

　　娜霜在一家健身房外,看见招收保洁员的启事。老板试用了她一天,见她人干净,干活利索,就收下了她。

　　在娜霜家的寨子里,吃过晚饭,男人靠在屋脚上吸一管烟,女人砍猪菜。月亮出来了,月光洒在屋前的坪地上,男人做篾,女人织布。

　　娜霜奇怪,城里有这么多人在这里吃苦受累。器械区那些胳膊腿粗壮的人,举起哑铃杠铃时嗷嗷地怪叫,像是很痛苦。这里健身要花不少钱,他们为什么要受这个罪。

　　娜霜在健身的人中看见了扎诺。扎诺在跑步机上跑步。汗水湿透了运动服。他皮肤更青白了,却没有在寨子里健壮了。肚子上隆起如锅盖样的将军肚。

　　扎诺认出娜霜那一瞬,心里紧缩了一下。她还是如山茶花般娇艳。山寨的女人吃的是花,饮的是露,城里的姑娘再漂亮,也不如娜霜走过时抖落的一粒灰尘。

　　扎诺在城里做药材生意。他恨娜霜在他不在寨子的时候为了一双红皮鞋嫁了人。

　　他们结婚后,他才赶回来,他想去找黑龙拼命,阿妈叫来了几个亲戚把他手脚捆住,关了起来。扎诺想起这件事,心里就飘进一朵乌云。

扎诺看见娜霜一手提着水桶,一手拿着毛巾弯腰擦洗器械,心里很不好受。他走到她身边,刚要开口说话,娜霜提着水桶走开了。他想叫住她,却没张开口。

扎诺愿意出钱给黑龙治病,让娜霜回到黑龙身边。第二天,他来到健身房,坐在休息区,等着娜霜出来打扫时,就跟她谈。

一个小时过去了,没见娜霜出来。他走到前台,前台的主管说她结账回家了。

他开着车,回寨子。一路上,心里默念:娜霜不是蛊女,她是山茶花。追上娜霜,告诉她,当年那双红皮鞋是我扎诺买的。

> 有情的阿哥领路
>
> 有心的阿妹跟上
>
> 幸福万年长
>
> 罗喏……

扎诺听到寨子里飘来这首歌,那是竖新房的一家,吃过晚饭后,在一堆篝火旁,唱着跳着迎新送客。

娜霜在小溪旁睡着了,她嘴里念叨着:"扎诺哥,我知道那双鞋是你买的,黑龙趁你不在时,偷走了红皮鞋。寨子里的人说我是蛊女,我不愿意连累你。两个男人是不能背同一个筒帕的,别再找我了。"

"拐拐阳——拐拐阳",清脆高昂的阳雀叫声,像是谁的口哨声。

小 寒

廖先生的车在高速公路上已经堵了十几个小时了。今天是小寒节气。天气预报说有雨,可雨下着下着突然变成了鹅毛大雪。雪越积越厚,结冰的路面上多辆车追尾,被堵的车辆在风雪中排起长龙。

昨天,廖先生开车去另一个城市看望父母。刚到父母家,女友就打来电话,说一个朋友在小寒这一天过生日,对方邀请他们两个一起去。女友反复叮嘱他一定要在今晚赶回去。

早上,廖先生的车开上高速公路不久,发现前面有几辆车在结冰的路面上追尾了。他慌忙踩刹车,汽车发出异常的响声,接着车子熄了火。更要命的是,他没有关闭暖风开关。为了收听路况,收音机也一直开着。女友不停地打电话催他回去,手机很快就没电了。他用车载逆变器给手机充电,不到半小时就把电瓶亏完了。现在是一点儿电都没有了。

天渐渐黑下来,一整天没有吃东西,廖先生觉得更加寒冷。他裹紧了衣服,身体还是忍不住直哆嗦,脚已经冻得失去了知觉。他哈气暖暖僵直的手指,然后拿起手机,用最后一点儿电,给"4S"店和"高速救援"打电话。对方都表示无能为力,说要等破冰成功后,疏导交通救援车才能过来。最后的希望破灭了。廖先生现在彻底崩溃了。

迷迷糊糊中他像是昏迷了过去,模糊中听到有人低低地叫他的名字。眼前似乎出现了一张熟悉的面容,接着又什么都不知道了。疑惑间不断出现那个人的面容,定睛一看竟是她的前妻。

两年前他和妻子离了婚,后来就很少联系了。"你也在这儿?"廖先生很吃惊。"我坐朋友的车来的,刚才在后面的车上,看见这熟悉的车牌号就过来了。我出来的时候听说小寒这天气温要下降,就带了一条厚毛毯盖腿。"说着前妻把一条毛毯披在他身上,又拿过来一个大背包,从里面拿出一个保温杯,打开盖,水还冒着热气。她从一个保温盒里拿出两个热热的牛肉汉堡,递到他面前说:"吃吧。""你呢?"廖先生已经十多个小时没有吃过东西了,他觉得自己刚才是饿昏了。"我吃过了。"前妻把汉堡塞到他手里。他知道前妻有一个习惯,外出时食物总是准备得很充分,经常是带的东西吃不完,又带回去。所以,他没有再推辞就吃了起来。

前妻是他的大学同学,在学校里样样比他强。过去他已经习惯了被前妻照顾的生活,前妻虽然只比他大一岁,他在她面前却像一个小弟弟。

三年前刚刚买这辆车时,他说要每天接妻子上下班。可是没过多久他就不再接送她了,他的应酬多,没有时间。后来他认识了一个比他小十多岁的女孩。同在一个写字楼上班,女孩时尚漂亮,不在乎他已经结婚。他陪她购物,陪她去夜店。那段日子,他总是在妻子睡着以后回家,他不愿意听她那些让他励志的絮叨。

就在这时,老婆突然提出了离婚。离婚在他的圈子里并不是新鲜事,他大学宿舍八个人,有四个已经离了婚,离就离吧。她是女强人,总是对自己絮叨抱怨,也许另有所爱了。没有他,也许她会活得更好。就是她不提离婚,他也要提。

离婚后女友并没有和他结婚,离婚协议上约定,有一半房产

是前妻的。廖先生想卖掉房,分给前妻一半房款,可是女友拿着房本一直不让过户。

廖先生想起房子的事,有点儿过意不去地说:"房子不太好卖,等到卖了钱我把那一半房款给你。"

"不用着急,房子你留着吧,房价还会涨,现在卖了不合适。我现在不用钱了。"

车里没有电,他想借着雪光好好看看前妻,可就是看不清。

廖先生脱了鞋子,把脚放在座椅上,用毛毯把自己从头到脚一起裹了起来。肚子里有了汉堡和热水,心里舒服多了。前妻说话的声音越来越细弱,她好像也困了。两个人依偎在一起。他突然想起她说过"要是能死在你怀里,我就不怕死了"。他的眼里滚下了两串热泪。他感觉到前妻的肩膀在颤动,她像是也哭了。他把毛毯打开,披在两个人的肩上。廖先生把前妻冰冷的手握在手里暖着,渐渐地,他们都睡着了。

天亮的时候,前面的汽车开始松动。清障车也过来了,可是身旁的前妻却不见了。也许是怕在他的车子里不方便,毕竟不是夫妻了,在他睡着的时候,悄悄回到朋友的车里了。廖先生思忖着,头从车窗探出去向后面张望,冰雪中一长串车望不到头,不知道哪一辆是前妻朋友的。后面的车开始按喇叭,催他快走,于是他的车用一根粗绳子拴在清障车后面,在冰雪地里一点点地被拖进城。

几天以后,他的心里仍惦记着前妻,就是那种非见不可的感觉。他去了她的家。那是她妹妹的房子,她妹妹出国后一直闲着,离婚后她就住在那里。门锁着。廖先生等到天黑,前妻还没有回来。

他拨通了前妻妹妹的电话,妹妹说:"我姐姐已经不在了。"

"你说什么?"廖先生的脑袋嗡嗡地响,像是胀大了一倍。妻妹接着说下去:"她知道自己得了绝症,就决定和你离婚了。""我怎么一点儿都不知道?应该去个好医院,找个专家……"他的声音激动得有点儿颤抖。"她没钱做手术,我在这边也没挣到钱,帮不上她。她想要回那一半房款。给你打电话,你女朋友接的,她不答应,还说以后不要再打扰你们了。后来她四处找偏方……延误了病情。""她是哪一天走的?"廖先生喉咙像是被堵上了。"没几天,对了,就是小寒那天的晚上。"妻妹说。

翡冷翠的一夜

下班以后,两个朋友邀我:"一起吃饭吧,带你去个有意思的地方。"我问:"去哪里?"她们说:"去'翡冷翠'。"

听见这个名字,我突然想起徐志摩的那首诗,他与陆小曼感情初次升华的《翡冷翠的一夜》:"……这阵子我的灵魂就像是火砖上的熟铁……"出于对这家店名字的好奇,我决定同她们一起去。

大约在下午5点半,在一条很窄很有文艺范的小街,我们找到了这家餐厅。如果不是朋友带着,我肯定找不到。一个窄窄的玻璃门外,挂着一个白色的木牌子,上面写着"翡冷翠"。

一个三十多岁的男人在门外擦车,朋友问:"还没营业吗?"

那男人回答:"还早呢,我那一位午休还没起床呢。"我看了看那男人,圆脸,白白的,大眼睛。

朋友说：“我们进去等吧。”

男人答应着：“好好，我马上就去点炉子。”可是他的脚并没有动，仍然站在车旁，胳膊上下晃着，擦得很起劲。

这个男人应该就是老板了。我觉得有点儿失望。5点多了，炉子还没点，几点能吃饭呢？

我打量着这家餐厅，它以红黑为主色调。开放式的厨房、超大的明炉烤箱搭配高脚椅餐吧设计。店内流转着的爵士乐配着幽暗的灯光。

老板娘出来了，她头发被一次性的塑料帽子罩住。乍一看，老板娘很面熟，像是在哪里见过。这时门外擦车的老板进来了。原来这夫妻两个长得太像了。脖子以上的部位长得完全一样，口音也是一样：浓重的天津味道。

我的两个朋友是这里的熟客，老板娘给我们端上了三杯柠檬水，就像是完成了她的工作。她一边和我们说话，一边给老板和她自己每人打开一个电脑，各自在网上浏览信息。

我着急又纳闷，低声问我的朋友：“不是吃比萨吗？怎么两个人都不做？”

我的朋友，也不怕老板听见，大声说：“别着急，炉子还不热呢。”

"好像也没有人来吃饭呀？"我一边环视四周，一边说。

"人家要的是情调，不要那么多客人。"朋友端着柠檬水，侧过脸欣赏地看着老板娘。

"前两天来了一群人哎，有一个让我给轰出去了。"老板娘听见了我们的谈话，用很浓重的天津口音说。

"为什么？"我很不解。

"那个小伙子，穿着拖鞋进来的。衣着不整的我们不接待。"

"第一次听说餐厅挑顾客的。"我在心里想。这样冷冷清清的餐厅应该多点儿顾客才对,至少增加人气吧。

"我们开始的几年不想挣钱,开业五年了,都在赔钱。"老板娘把赔钱都说得很豪爽。

"我老公是学建筑的,以前挣了一些钱。后来身体不好,他喜欢做比萨,我们不全为了挣钱,也为自己高兴。"

"我们是想沉淀下一些老顾客,有固定的顾客群。"

今天的餐厅里只接待我们三个顾客,很像是在朋友家里做客。透过那落地玻璃窗,我看见老板开始做比萨了。我忍着饥饿,站到玻璃窗前。看见老板在椭圆的面饼上撒上满满的新鲜西红柿。老板娘告诉我们,面饼上还要撒上比萨草、帕尔玛干酪、马苏里拉芝士、水牛芝士和香肠。

老板娘端上比萨的时候,朋友让我先尝尝,我咬了一口,很蓬松,有奶香、芝士的咸香和番茄的酸甜交叠在一起。我对朋友说:"真是不白等这一个多小时啊!"

老板娘站在离我们很近的吧台前,居高临下地同我们聊天。我不太习惯吃饭时被人看着而看的人自己并不吃。我的两个朋友却很喜欢这种方式,不停地与老板娘聊天。

我的朋友夸老板烤鸡翅做得好。老板娘说:"昨天从京客隆买的生鸡翅,买了一袋。"说起来也像是过日子。

我忍不住问烤鸡翅都放了什么配料。老板娘说:"意大利烤鸡翅的主要原料是迷迭香、辣椒粉、老抽、白兰地、牛肉粉……"

我现在明白了,这家餐厅主营意大利美食。"翡冷翠"的名字与徐志摩的那首诗无关。但与徐志摩也有关,是他把欧洲文艺复兴的发祥地"佛罗伦萨"翻译成"翡冷翠"的。

以后的一些日子,我下班有意地从这家店经过,每次总是不

由自主地往里看。其实从外面看根本什么也看不见，门总是关着的，门外也没有顾客停放的车辆。只是"翡冷翠"的白色木牌一直都在。

大海深处

阿亮的招聘启事贴出去三天了，只来了一个应聘的阿金。阿亮不怎么喜欢这个人。他身体干瘦得像根葡萄藤，目光也躲躲闪闪，游移不定。因为着急出海，船主阿亮勉强收下了他。

休渔期刚过阿亮就驾船出海了，他新招聘来的伙计阿金，一言不发地坐在船尾。

虽然接到西沙将有热带风暴的通知，可是天气看起来蛮好的。没有风浪，甚至连暗涌也感觉不到。

阿亮的女儿病了，他要给女儿多准备些医药费。他想，这次出海，打上几网试试运气，没准能赚上一笔。

就在这时，突然风云突变，天昏地暗，海面狂风大作，转瞬间船身被推高，船尾开始翘起来。一个大浪打过来，渔船翻了个底朝天，两个人一起落入水中。

阿亮在水中抓住了一块长两三米的船板。船板上，还绑着一根绳子。阿金漂浮在离他两三米远的海面上，阿亮本能地推着怀里的船板游向他，嘴里喊："快抓住！"

两个人扶着船板，随着潮起潮落，颠簸在茫茫大海上。

天黑下来的时候，天空电闪雷鸣，倾盆大雨落了下来。雨淋得两个人睁不开眼睛,脸上疼得像被鞭子抽打一样,身体冷得像一根芦苇似的哆嗦着。

两个人有些绝望了,手机进水报废了,没有办法同陆地上取得联系。

阿亮牙齿冻得咯咯直响。他想起早上老婆去卖海螺,他出海时她还没回来。有病的女儿,年老的父母……

阿亮想着想着就哭了起来,他对着茫茫大海呜咽着:"阿爸阿妈,我对不起你们,不能给你们养老送终了。女儿,我对不起你,爸爸没给你挣到医疗费……这次恐怕是不能活着回去了……"

阿亮正哭得伤心,突然看见远处有一只海警船开过来,他兴奋地大声呼喊起来。可是风浪太高,他的呼救声淹没在轰隆的马达声中。海警船从他们的旁边疾速驶了过去。

吐着蛇一样浓烟的黑色大轮船越走越远,一线生机就这样从眼前溜走了,阿亮紧绷的神经要崩溃了。

他把火气发在阿金身上:"我怎么招了你这个木头,你想等死啊!怎么不喊啊!"

"咱们等等看,这么大的浪,没准能飘到越南呢……"

"你想飘到越南?"阿亮用手抹了一把脸上的雨水。心在身子里翻了个身。一阵剧烈的疼痛,让阿金"嗷"一声怪叫。一条凶猛的鱼在他右脚心狠狠地咬了一口。他用力挣扎把鱼摆脱掉了。"流了好多血呀,我不想死,帮帮我!"阿金痛苦地说。

阿亮一只手扯下裤腰带,递给阿金说:"快系上,止止血。"阿金竭尽全力用手靠近脚踝,紧紧地捆住右脚。

水面漂来一个漂浮物,阿亮腾出一只手抓住了。他尝了尝能吃,递给阿金说:"你吃吧,我不饿。"

到了晚上,月亮出来了,很圆很亮。水中的两个人,浸泡在冰

冷的海水中几个小时了。身体不断失温,快要冻僵了。

阿亮又困又饿,脸开始变得苍白,几乎发出死亡般的幽光。他开始神志不清,含含糊糊地说:"我回不去了,看不见女儿了。"

"女儿？为了女儿坚持住。咱俩一起回去。"阿金望着阿亮急切地说。

阿亮无力地摇着头说:"不行了,我实在没有力气了。"阿亮抓住船板的手渐渐松开,向水里滑去。

阿金赶紧一把抓住阿亮,他用那根拴在木板上的绳子,捆绑上阿亮,阿金漂浮得更加费力了。海浪把他掀起来,再打下去,他咬紧牙关,他要活下去,两个人都活着回去。

一艘渔船远远驶来,阿金大叫:"救命！救命！"船上的人全部跑出来,拿手电筒和探照灯照。船调头向他们开过来,强烈的探照灯照着他们……

阿金得救了,他还带回来了船主阿亮。

阿金上岸后的第一句话是:"我是通缉犯……"

心脏的秘密

漫妮没想到,泰哲一点儿征兆都没有就走了。漫妮接到同学电话,让她参加泰哲的葬礼。漫妮觉得不太可能,前几天她还看见泰哲。而且泰哲自己还是一名医生,怎么说走就走了？

泰哲没有结过婚,他侄子抱着他的照片走出来的那一刻,同学们的心碎了。照片上的泰哲依然是西装眼镜,玩世不恭地笑,仿佛在说：我还活着，你们这是干吗？

上初中的时候，泰哲和漫妮最好的朋友欢馨是同桌。欢馨是一个多情的女孩，她会爱上她身边的不同男孩。欢馨那时也真漂亮，身材纤细，一头乌黑的长发，笑起来声音像银铃一样。泰哲却是一个黄头发小眼睛的男生。

欢馨同泰哲他们几个同学，到郊外的一个同学家里吃晚饭。吃过饭，几个人骑车回家。郊外没有路灯。欢馨骑得很慢，落在了后面。突然欢馨的自行车就骑不动了。她下车，看看毛病出在哪里。这时同学们都骑远了。欢馨很害怕。郊外的路，漆黑一片，只有她一个人。她听见远处有自行车当啷当啷的声响。一个黑影冲着她过来了。她害怕地捡起一个砖头，拿在手里。黑影走近了，竟然是泰哲。

"我看少了一个人，就回来找你。"

"我自行车坏了。"欢馨快要哭了。

"我骑车带你回城吧。"

"那我自行车怎么办？明早上学还要骑呢。"

"放心吧，明早我肯定会把自行车送到你家的。"欢馨坐在泰哲的自行车后面。郊外的路，坑坑洼洼的很不好走，欢馨抓住泰哲的衣服。坐着两个人的车子上下颠簸，欢馨一会儿尖叫，一会儿又笑出声。泰哲把欢馨送到家门口的时候，欢馨觉得泰哲不那么丑了。

第二天，欢馨要去学校，想起自行车昨天没有骑回来，又不敢和父母说。她推开大门，看见泰哲站在外面，手里推着欢馨的车，远处是泰哲自己的车。欢馨惊喜地问："你是怎么弄回来的？"

泰哲说："我骑车，拉着你的车回来的。"

从这以后，欢馨和泰哲好上了。欢馨对父母说去漫妮家里学

习,然后去找泰哲。

欢馨对漫妮说:"泰哲说了,他心脏不好。我要是不同他好了,他就在我生日那一天心脏停止跳动。"漫妮撇着嘴说:"算了吧,你还相信这个。"

欢馨和泰哲的恋情,终止于欢馨的多情。一个学期结束,老师给泰哲调了位置,欢馨有了新同桌。这个同桌高大帅气,还是篮球队的队长。欢馨就与新同桌好上了。

丑丑的泰哲并没有发作心脏病,更没有死。

大学毕业六年后,漫妮听说好友欢馨离了婚,又结了婚。泰哲还是单身。他上的是医学院,毕业后被分在医院的心外科。

漫妮去年遇见泰哲,发现泰哲已经不像以前一样丑了。他多了几分才气,黄头发打理得很时尚。

泰哲说话还是那样怪里怪气的,喉咙里像是塞着东西一样:"原来是张太太呀,一向可好?张先生好吗?"漫妮问:"我好久没看见欢馨了,你们有联系吗?"泰哲的脸色变了:"没有,我们好几年没联系了。"漫妮后悔自己说话太唐突了。可是又想,泰哲太在意了,欢馨那么多情的人,早把他忘了。

泰哲的葬礼上,当司仪念到他离去的时间时,漫妮吃了一惊,因为那正是好友欢馨的生日。漫妮再仔细听,原来泰哲死于心脏病突发。

参加葬礼的同学们都哭了。漫妮不停地擦眼泪,她看看身旁的欢馨,她没有哭,脸色木然,没有一点表情。漫妮一直看不惯欢馨感情上的随便。她生气地离开欢馨。一个同学,小时候外号叫"广播员"的,问漫妮怎么了。漫妮说:"欢馨太对不起泰哲了!泰哲喜欢了她那么多年。""广播员"眨巴着眼睛神秘地说:"书呆子,告诉你个秘密。欢馨这些年离婚又结婚都和泰哲有关呢……"

紫 萼

清影想就这样一个人生活下去，白天上班，晚上在健身房健身，时间排得满满的，也不想再有什么改变。

健身房的走廊拐角处贴出一张大照片，是会员们户外骑行时拍的。照片上一个戴着面罩的高大男人，双手抱在胸前，身体靠在摩托车上，头上戴着摩托车头盔，脸部只有眼睛露在外面。这是一双有着震慑力的、来自健康体魄的、有着金属光泽的眼睛。

清影看到这双眼睛，心像是被敲击了一下，发出当的一声。她走过去，再回头看，那双眼睛仍然追随着她。

健身房跑步的人很多，清影在一排跑步机后面等，看见一个人从跑步机上下来，连忙跑过去，怕晚了被别人抢了。她一只脚刚踩上跑步机，就"哎呀"大叫一声。刚才走的那个人，没关上跑步机。清影摔在滚动的跑步机上，她用手肘支撑着，却站不起来。这时，一双有力的臂膀把她从跑步机上猛地抱了起来。

清影回过头来，不由得一阵眩晕。她看到了一双眼睛，正是照片上的那双明亮的眼睛。

"你摔坏了吧？"那个人关切地问。

"没事，谢谢你啊！"她抬头看着他时有点儿不知所措，脸上的表情也僵硬了。她感觉到，他的目光正扫过她的脸。

"你等着啊！"他跑去前台，不一会儿又回来了，递给清影几个创可贴。

清影没觉出疼,反而自顾自地笑出了声。

清影去以前很少去的时装店,头发也做成了发尾内卷的梨花造型,厚厚的齐刘海盖过眉毛,衬托出一张白皙透亮的小脸。

她再路过器械区时,总是装作无意地四处看看,她是在寻找那双眼睛。

健身房大厅的音箱里,播放着后街男孩的 As Long As You Love Me

她的心里也跟着唱:

  我不在乎你是个怎样的人

  你从哪里来

  你做过什么

  只要你爱我就好

清影的目光与他相遇了,看见了他的睫毛的颤动,听见他用眼睛在唱:"只要你爱我就好。"

清影仿佛在天空中跳起舞来,她的脚步很有弹性地从他身边走过去,转过头从自己肩膀侧望过去,他的目光还跟着她。

在健身房楼道里,清影与一个正跑上楼的人撞在一起。她抬头看,正是那双明亮的眼睛。此时他的目光是温柔的,像是清晨的海风或是夏日的细雨一样柔。

他一只手里拿着摩托车帽子,另一只手拿着一把花,紫色的。有的开成喇叭形状,有的还是管状的花骨朵。

"好漂亮。"

"从野外带回来的。"

"这是什么花?"她问

"紫玉簪,看着好看就采了一把。送给你吧。"

"谢谢啊!"她迎着他的目光微笑。

没几天,那些没有开放的管状花苞,也一个个地打开了。她把花放到书房里,碧绿隽秀的叶子像仕女一样清秀。

清影睡不好觉了,寂静中她的心被撞得当当响。撞击的余音,被风吹开,又落回去。

清影在健身房门口的休息区等着他,想装作不经意地遇到,然后说感谢那天他帮了她,约他去隔壁喝咖啡,或是看一场电影。

"我不在乎你是个怎样的人/你从哪里来/你做过什么/只要你爱我就好……"健身房的大厅里还是放着这首歌曲。

清影等了一天又一天,从夏等到秋,再也没有看到他。

健身房重新装修,健身房的主管指挥工人取下墙上的照片。她问主管:"这个摩托车的骑行队最近没有活动吗?"

"照片不是咱们健身房的。"

"那照片上的人不是咱们健身房的吗?"

"是上海总部的。"

清影的心沉了下去,压得她健身房也懒得去了。

她仔细端详那盆紫玉簪,叶子还是翠绿的,喇叭状的紫色花却慢慢收起了自己的翅膀,微低着头,好像谢幕的演员在做着最后的祝福。

清影把漂亮的时装扔在柜子里,不想穿了,发尾的梨花也一点点枯萎变黄。

突然有一天,她收到一条短信,是个陌生号码发来的:"紫玉簪又名紫萼,相传此花是仙女醉酒后落入人间的一支发簪。"

红　线

　　彤果儿家的门口有一座小桥,桥面平整光滑,小桥离水面也很近,人蹲在桥上似乎一伸手就可触摸到水面。桥的两边种着几排垂柳。微风中长长的垂柳,把水面撩拨出许多波纹。

　　彤果儿这时的心,也像这被柳枝拨动的河水,开始荡漾了。

　　她喜欢上班里那个黑黑的、说起话来像打机关枪似的班长。他是他们这个班成绩最好的。在彤果儿的班里,男女同学是不说话的。就是目光接触到一起,也会马上躲闪开。彤果儿和班长刚刚开学的时候是同桌。没想到二十天以后,老师就把班长调到了彤果儿后面。

　　彤果儿原本亮堂堂的心,霎时暗了下去。她看不见坐在她身后的班长,只能听见他回答问题、朗诵课文的声音。

　　彤果儿的心情渐渐好起来,是发现班长放学后要在操场上打球,然后同另一个男孩一起从彤果儿家经过。与班长走在一起的男孩,白白的,宽脑门,一双笑眼。

　　彤果儿家门口的小桥,孩子们放学后,都聚集到这里。有的孩子从水里捞鱼虫、抓青蛙。一些调皮男孩从水底挖出胶泥,放在桥面上摔打。

　　班长与那个白白的男生,路过彤果儿家门口的小桥时并不着急走,两个人也在水边站下,看那些捉鱼虫的人。彤果儿装作若无其事地在小桥边,用余光偷偷看他们。班长和那个白净的同学也像没看见她一样。

晚上睡前,彤果儿要想想班长的模样,可是总想不起班长长什么样。迷迷糊糊中彤果儿看到一个姑娘,十五六岁的样子,梳着双髻,穿着蓝色半臂对襟上衣,下面穿着蓝色绣花曳地长裙,腰间挂着丝绦结成的佩饰。

彤果儿知道,这就是《西厢记》里跟在莺莺身边的小丫鬟红娘。

红娘提着一个装满了红色绳子的大布袋。彤果儿很好奇地问:"你袋子里的红绳子,是做什么用的呢?"

红娘说:"这些红绳是用来系夫妻脚的,无论男女双方是仇人还是距离很远,我只要用这些红绳系在他们的脚上,他们就一定会和好,并且结成夫妻。"

彤果儿对红娘说:"我求你一件事。"红娘说:"什么事?""求你把我的脚和我的班长的脚用红线拴在一起。就是每天从我家门口背着书包走过的那个男孩。""好的,我知道了。每天放学后背着书包从你家门前走过的男孩。"红娘答应得爽快。"不过你的脚,要尽量和他接近啊。"红娘说了一句就不见了。

彤果儿记住了红娘的话。上课的时候,彤果儿把脚放在凳子后面,这样,如果班长的脚伸在前面,就会碰到她的脚。终于有一天,后面的一只脚碰到了彤果儿的脚。彤果儿的脸红了,心怦怦乱跳。她看看老师,又看看身边的同学,没有人注意他们。她的心还是怦怦乱跳。可是她的脚没有离开。后面的脚也没有离开。就这样,两个人的脚一前一后挨在一起。

高考后,班长考到了一个遥远的城市里的一所大学。彤果儿没有考上大学,她留在了小城。她给班长写过信,寄过明信片,都没有回音。彤果儿伤心失落,难道红娘的红绳子没有拴上两个人的脚?

为了等待命中的红绳子,彤果儿一直没有结婚。这一年,彤果儿快三十岁了。

　　按照城市规划,彤果儿家门口的小桥拆了,彤果儿家的平房也变成了楼房。一天,彤果儿买菜回来,遇到一个在小区外徘徊的小伙子。小伙子白白净净的,宽额头,一双笑眼很面熟。他看见彤果儿问:"这里是不是以前有一座小桥?"彤果儿感到很亲切,回答:"是呀。你来过这里?""我放学回家,都经过这里。有时还在这里玩一会儿……"彤果儿想起了班长。彤果儿问:"你是哪个学校的?""我是二中的。""那咱们还是一所学校的。""我是刚刚被调回来的。我毕业后去了别的城市,可总是觉得自己的脚拴在这里。"两个人越谈越开心,不知不觉天已经黑了。

　　一年以后彤果儿和这个小伙子结了婚。有一天,她在他的影集里,看到了他和班长的合影。原来他就是那个和班长一起从她家门前走过的那个男生。彤果儿想:"难道是梦中的红娘粗心,系错了那根红线绳?"

暗　恋

　　幼卉上医学院的时候,宿舍里6个女生,只有幼卉没有男朋友。别人都说她太挑剔。只有她自己知道,她的心被一个人占据着。那是她的初恋,她一个人的初恋。

　　幼卉心里装着的人,是她高中时的物理老师季司深。他长得很普通,瘦高的个子,眼睛不大,讲起课来却是机智幽默。

幼卉怕同学看出她的心事,在上物理课时,总是低着头。幼卉的物理成绩一般,尽管她喜欢季老师,可季老师对她并没有一点儿印象。

季老师喜欢和男生在操场上踢球。幼卉放学后,就在操场上一圈又一圈地走。她的目光在季老师身上。听到有人欢呼,幼卉就睁大眼睛,看看是不是季老师进球了。

那一年运动会,1500 米长跑,班里没有人报名。班主任看见高高瘦瘦的幼卉,就对她说:"看你平时喜欢运动,你报个长跑吧。"幼卉确实有晨跑的习惯,但是没参加过比赛。她心里想:"去就去吧,坚持不住中途就下来。"学校的操场是 300 米一圈的煤炭渣跑道,1500 米要跑五圈。

发令枪响了,幼卉进入跑道。那天天气很冷。跑到第三圈时,有的同学停下来,退出赛道。幼卉呼吸急促了,腿也变得沉重。她心里想,再跑一圈,坚持不住就下去。突然幼卉看到季老师站在了跑道终点。幼卉的体力,马上恢复了。幼卉跑到第五圈时,她追到了第四位。最后一圈,离终点还有 200 米左右,她前面还有两个人。离终点还有 50 米,前面还有一个人……幼卉心里想着季老师……季老师……还有 20 米……幼卉超了过去了。幼卉冲过红线的那一刻,她看见季老师冲着她微笑。幼卉感觉自己真是太幸福了。

运动会后不久,幼卉听到一个不好的消息。季老师不带她们班了。幼卉那时差点儿哭了。

幼卉每天在走廊里,偷偷看着季老师夹着教案走进邻班的教室。这匆匆的一瞥也会让幼卉开心好久。她知道季老师一天几节课,知道季老师回家乘哪路公交车,知道在什么地方会遇见季老师。有的时候,她也和季老师走个对面。她小声地叫一声"季

老师"。季老师虽然答应着,但看表情,季老师并不记得她。

幼卉就这样浑浑噩噩过了高中三年,高中毕业后,她上了医学院。

实习的时候,幼卉自己联系了和以前的中学紧挨着的一所医院。医院和学校隔着一栋楼,幼卉记得季老师课间会走到教学楼楼梯口透气。医院的门诊楼正对着中学教学楼的楼梯口。听到课间休息的铃声,幼卉就趴在门诊楼的窗口上,望向对面的季老师。那时她多希望季老师能抬眼看见她。

大学毕业后,幼卉去了外地工作。她结了婚,有了孩子。二十多年过去了,她还会在梦中,梦见自己趴在门诊楼的窗口,等待季老师的身影出现;或者是梦见自己,在1500米跑道上冲刺时,季老师冲着她微笑。

幼卉老家的一套房子要过户,幼卉回到以前的城市。正好有个朋友聚会,幼卉参加了。大家的饭吃到一半,进来一个中年人,瘦高的个子,戴着一顶皮帽子。他进来以后分别同大家握手,说:"不好意思,我来晚了。"幼卉的手被进来的人用力握了握。那个人转身,摘掉帽子,他前额到头顶的头发都没有了。有人介绍:"这位是季司深老师。"幼卉的头嗡的一声响,她仔细看了看进来的人。秃顶,眼角下垂,有点儿驼背。再仔细看看,真的是教他们中学物理的季老师,那个站在1500米终点的季老师。季老师没有认出她,其实季老师根本不知道幼卉这个人的存在。

幼卉想不到在这样的场合遇到季老师,她的初恋;也想不到,季老师变得她都不认识了。幼卉没有说自己毕业于哪个学校,也没有说她是季老师的学生。聚会散了,季老师又紧紧地握住幼卉的手,说:"认识你真高兴,以后咱们多联系。"幼卉转过身去想:"做了二十几年的梦,这回终于醒了。"

兔子迷路了

"兔子先生"刚刚过了五十大寿,就不知道该干什么了。用当下时髦的话说,就是"迷失了方向",或叫"没有方向感"了。

"兔子先生"属兔,小时候带他长大的姥姥就喊他"兔子",后来,庄里人也喊他"兔子",再后来,娶回家来的老婆还喊他"兔子",再再后来,他老婆生下来的一双儿女都喊他"兔子",最后他闺女在小学校里知道了"鲁迅先生",就别出心裁,在"兔子"后面加了"先生"二字,"兔子"就成了"兔子先生"。

"兔子先生"小时候体弱多病,他的姥姥怕他活不成,就接连不断地找人给他掐掐算算。那些掐掐算算的人大多会对他的姥姥说:

"兔子"不好养活,不会活过五十岁。

"兔子"听到了,就经常想到死。不是想去死,是怕死。

"兔子"的姥姥就一次次烧香磕头,一回回跪日月星辰,还悄悄地送走了几个纸扎的"替身"。

"兔子"活到十岁,他的姥姥死了。

姥姥临死时拉着"兔子"的手对他说:

我的"兔子",姥姥就要走了,你记住姥姥的话,就能活过五十岁。你要修好,做好事,不做坏事;当好人,不当坏人。记住,一定啊。

"兔子"点头答应,紧紧地抓着姥姥的手,直到姥姥的手变

凉、变硬。

"兔子"活过了二十岁。

在以前的十年里,"兔子"做的都是好事。

"兔子"活过了三十岁。

在以前的十年里,"兔子"没做过坏事。

"兔子"活过了四十岁。

在以前的十年里,"兔子"总是当好人。

"兔子先生"过了五十大寿。

在以前的十年里,"兔子先生"从没想过当坏人。

"兔子先生"过了五十大寿,正好是个春天。"兔子先生"就经常望着天空发呆。

从早晨太阳升上来,到晚上太阳落下去。"兔子先生"就坐在钢筋水泥包裹着的小花园里面的长条椅子上。

"兔子先生"就那样望着。懒懒的,在那里,就那样望着。

"兔子先生"望着天空中的太阳。

"兔子先生"瞪大眼睛,望着那个燃烧着火焰的圆球。"兔子先生"不知道,那个圆球的火焰是刚刚烧起来,还是已经烧了许久,就快要熄灭了。

"兔子先生"发现圆球和它的火焰每天都在变化。从冷到热,从热到冷;由暗变明,由明变暗。

"兔子先生"就那样望着。

"兔子先生"感觉火球每天在天空中走过的路程很近,走过的时间很短。"兔子先生"就每天坐在那里,等着那个火球从东边的楼顶上走过来,火球的火焰一点点儿变大,走过他的头顶,再一点点变小,直到在西边的楼顶上落下去,熄灭。

后来,"兔子先生"在那里看久了,就招来了好多的人。那些人有和他住在一个楼里的邻居,有同一个小区里的住户,还有相邻小区里的居民。远的、近的都有。他们都跟着"兔子先生"一起看。他们看着,开始人越来越多,后来人越来越少,最后就没有人来了。就有人说"兔子先生":

不是疯子就是傻子。

后来,有人干脆就说:

就是一个傻子。

"兔子先生"不管他们怎么说,每天接着看。太阳还没升起来,"兔子先生"就坐在那里;太阳落下去,"兔子先生"就钻进如同养兔场里的兔子笼一样的某栋房子里的某一个格子里。

"兔子先生"在里面睡觉,做梦。

"兔子先生"大多时候在梦里都会梦到他的姥姥。姥姥有时会在梦里和他说话,但"兔子先生"总是听不清姥姥对他说什么。

夏天刚开始的一个早晨,"兔子先生"回山里的老家去了。

"兔子先生"来到山坡上。

"兔子先生"站在姥姥的坟前。"兔子先生"对躺在坟墓里的姥姥说:

姥姥,我想长命百岁。方法就是接着做好事,不做坏事,当好人,不当坏人。姥姥,对吧?

"兔子先生"听到了姥姥的回答。姥姥说的话很清楚。

外婆桥

　　周庄的外婆桥在岁月的浸染中渐渐地有了灵性。这一天清晨,当她在树叶和微风的缓缓抚弄下醒来的时候,周庄的天空已经是蔚蓝的了,仿佛被画笔着了两次色的那种蓝色。

　　自从张艺谋和巩俐的那部电影《摇啊摇,摇到外婆桥》上映,这座在电影中出现的古桥,就被叫作"外婆桥"了。

　　这一天,外婆桥又听到那个小画匠的脚步声。那个拖沓的,有点犹豫不决的脚步声。

　　外婆桥边来过无数的写生学生、画家,但唯独这个小画匠引起了她的好奇。他不是住在"画家村"的画家,也不是来写生的大学生。从他粗糙的手指和指甲缝隙里藏着的黑色东西可以看出,他是一个凭体力吃饭的人。

　　小画匠穿着肥大的衣裤,脚下是一双不太跟脚的拖鞋。微风吹乱了他的头发。十几天了,外婆桥都看见他站在桥边画画,身旁立着一个牌子,上面写着"画肖像"。行人与游客走过,很少有人注意他。偶尔有人慢下脚步,也只扫上几眼,就匆匆离开了。从前天开始,外婆桥就没看见他吃过东西了。

　　主妇们开始在桥边的河埠搓衣洗菜。临河的小楼粉墙黛瓦,虚掩的蠡壳窗中飘出弦乐叮咚。

　　外婆桥知道此时小画匠正打开画夹,身子靠在桥栏杆上,要开始写生了。

他用长线勾勒出屋舍、大树、河岸、水面的轮廓,随后是临河镂花栏杆,朱门蠡窗的河岸古宅也参差错落,一点点展开。

牵着牯牛的老农走上桥阶,买菜的主妇慢腾腾地走过,没有人停下来看他一眼。

小画匠画完一张,望着小桥流水,沉思着。远处的云彩让他想起了自己的父母。已经有六年没见到他们了。上高中时,他成绩一直不错,父母想让他考一个重点大学。可是他迷上了画画,躺在被窝里看绘画的书,被父亲看见,撕了他的书。

他被激怒了,带着20元钱和一个画夹子离家出走了。他捡过垃圾,在饭店里给人洗过碗,后来被骗到一个小煤窑。他想逃走,被监工打伤了腿。被解救出来已经是两年以后了,他想念父母,不敢回家,就在周庄以收破烂为生。

周庄有许多画家在写生,他偷偷学了两年。这些天他试着卖画,早上在不要门票的时候进来,只要能卖出一张画,他就回家见父母。

他总是梦见妈妈,在一团迷雾中看见妈妈向他走来,刚要走近,妈妈就不见了。

小画匠在外婆桥边画画,十几天过去了,身上的钱花光了。这是最后一天,如果没有人买他的画或是让他画像,他就再也不画了。

小画匠开始画外婆桥。他画上了波光桥影,舟楫往来,桥上斜挂的"茶"旗,还有斑驳的石隙间伸出的枸杞枝,看得外婆桥心旌摇曳。

一只金毛猎犬欢快地牵着一个男人走了过来,外婆桥认识他们,她知道这个男人的故事。外婆桥不禁自言自语起来,声音却被从敞开的窗户里飘过来的苏州评弹淹没了。

男人站在小画匠身旁,听着周庄特有的和谐柔美声响,看着高低错落的民居和清清的流水。一只小船在桥洞中穿过,船娘头上裹着白毛巾,身着蓝底白小花农妇装,摇橹划船,柔情似水。

小画匠并没有在意这个男人,每天都有陌生人站在他身旁。有看几眼就默默离开了的,也有欣赏着连连称赞的,就是没有人买他的画,或是让他画一幅肖像的。

狗狗一直乖巧温顺地站在主人身边。它不像其他狗狗那样东张西望,而是专注地看着主人,偶尔用舌头舔舔主人的手。

男人一只手插进口袋里,挪了挪腿。他定定地看了小画匠几秒钟,带着笑意轻声说:"能给我画一幅肖像吗?"

这是小画匠二十多天里最想听的话。他激动得有些颤抖。他拿起笔,透过晨光看着男人,那男人像一座雕像一样一动不动陷入沉思。阳光在他的头发上闪闪发亮。

男人接过小画匠给他画的肖像,与那只狗低声说着话。狗狗短粗的尾巴来回摇晃着,嘴巴里不时发出"哼唧"的声音。

"你画得太好了!"那人说着,他从口袋里拿出了几张红色的钞票,递给小画匠,然后低下头,对狗狗说了一句什么,狗狗就带着主人离开了。

空气里流动着一阵被微风送来的甜而淡的香味,岸边的垂柳、房屋,水上的小桥、小舟都倒影在水里。小画匠在外婆桥的怀里陶醉了。

外婆桥这次的感叹被人听见了:"多好的人啊,多好的导盲犬啊。"

异　香

晚清的一位王爷，年过四十还没谋上个差使。平日里饮茶、听戏、收藏古董，也是自得其乐。这位王爷也有不如意的事情，就是福晋和几位侧福晋没有给他生下一个子女。这一年，王爷从清吟小班里，又娶了一位姨太太。

福晋不让给这位新姨太太名分，说："老祖宗不让汉人做主子，这是家法。"福晋让用人们叫她赵姨。这位姨太太进了门，几位侧福晋明里暗里地都挤兑、作践她。

说来也巧，这位姨太太进府一个月就怀孕了。本来是一件大喜的事情，王爷也真高兴。可是福晋、侧福晋们像炸了锅一样。尤其是福晋，她说孩子不是王爷的，福晋、侧福晋都没有怀过一男半女，一个戏子，进府一个月就怀孕了，肯定不是王爷的。还说赵姨是狐媚子。

这位福晋，王爷是有些惧怕的。她是正白旗的，是一个老姓。福晋的话王爷不敢不当真。几位福晋联合起来，就是不依不饶，要把赵姨赶出去。

王爷舍不得赶出赵姨，又惧怕福晋。王爷愁得吃不下饭，最后觉得只有一个办法，就是让赵姨把孩子打了。

这一天老妈子端着个托盘，放进赵姨屋子。王爷吩咐另外两个老妈子和府医在外面候着。

外面的老妈子，听见屋里响起了抽泣声。"用不着！我就是

死了,也不让她们随了心!"里面响起打斗、敲击碎片的声音。老妈子往窗里看,看见平日里温和的王爷给赵姨灌药,一碗药喝下去,王爷抱着赵姨大哭。

赵姨用帕子擦擦嘴,脸上也没泪水,冷漠地看着王爷。突然,赵姨就像疯了似的猛地摘下墙上一把宝刀。那是王爷收藏的"百辟刀",相传是东汉曹操下令打造的五口绝世好刀之一,据说吹毛即断,锋利无比。

赵姨握住刀柄,一把将这宝刀抽了出来,一眨眼的工夫,地下流满了血。

赵姨的丧事办得很简单,福晋叫用人找了棺材,找了块杂巴地,埋了。没让入祖坟。

这件事以后,宅子里总是隐隐约约飘动着阵阵香气,这香气既不是花香也不是粉香,别有一种奇芳异馥,沁人心脾。

每当这种香味传来,福晋就会遇到怪事。这天福晋发现梳妆镜子像是蒙了一层呵气。福晋用帕子在上面擦了擦,那层呵气反倒更明显了。她越用力,呵气越重。

第二天,福晋和王爷说了,王爷不让福晋和下人说。晚上,王爷就在福晋房里住下了。

福晋一直睡不着,半夜又闻到一阵异香。屋子里有些闷热,可是福晋却感到一股透心的寒冷。她看见王爷起身下床,动作有些缓慢,一双眼睛直勾勾地盯着前方,然后来到梳妆台前。

王爷忽然站着不动了,站了老半天,又突然腿盘坐下。王爷举起了一只手,五指呈钩状,往头上摸去,然后是脸。王爷就这么来来回回地弄,几次之后福晋才看明白,他的动作像是一个女人正在梳理自己的头发。

福晋吓得头发根都炸开了。第二天,福晋和王爷说前一天晚上的事，王爷一点儿也不知道。这样的事连着发生了几天，每次都是先有异香传来。王爷和福晋心乱如麻，虚火上升，坐立不安。

王爷派人从白云观请来了道士。道士围着宅子转了半天，终于看到那把古刀。这把刀，青光内敛，出鞘时有"龙吟"之音，刀背直且厚，血槽里面呈现出一种诡异的暗红色。

道士说，赵姨的魂魄分离，魂飞而魄留，魂魄留在了古刀上。加上赵姨未出世的孩子尚在胎体，母子双双身亡，血腥之气太大，才引起这些诡异的事情。

王爷请人念了七天超度亡魂的真经，超度赵姨和其子的魄，又把赵姨的坟墓迁入祖坟。渐渐地，宅子里的异香没有了，王爷、福晋身边的怪事也不见了。

这以后，王爷和福晋像是大彻大悟，把大笔的钱布施给京城各大寺庙道观。王爷也没再提娶姨太太的事。

小 五

我的小伙伴里，我妈妈最喜欢小五，她长得机灵，短短的娃娃头，黑亮的眼珠，嘴也甜。

回想起她小时的模样，就是当时教科书里小英雄的样子。

小五的命是真不好，十岁了还没有上学。她爸爸是一个机关的领导，在我们那个小县城里就算是高干了。小五的命苦，是因为从小就没有妈妈。三个姐姐在后妈进门的时候，没有上完学，就出去工作了。

小四对于我们这几个小伙伴都是一个噩梦。第一次去小五家,有小朋友很慎重地提醒我:小五家的小四是一个瘫子。我还不明白什么是瘫子,听成了"坛子"。

　　进了小五的家门,闻到一股像是小猫、小狗身上那种刺鼻的味道。我在窗边看见了小四,用白色大单子裹着,一个像毛毛虫一样软的肢体。她半躺在一把竹椅子上,软软的脖子像是支撑不住头,头在脖子上无力地摆动。

　　我躲在墙角,不敢走近看小四。小五端着一个不锈钢的小碗,一边给小四喂饭,一边回过头来和我们说话。小四张着大嘴笑了,口水流成了一条白线。细长的手臂伸开,十根手指像电线一样张着。小五出去取水,小四像是没吃饱,嗷嗷地叫起来,那声音听了让人心里发麻,像是夜晚猫的嘶叫。

　　小五的后妈推门进来。她是一个好看的女人,头顶的头发蓬松地盘着,是电影里老上海女人的那种发型。很多年我都不明白,她的头发并没有烫过,她是怎么弄得那么蓬松好看的。

　　她大声地喊小五:"死小五跑哪玩去了?让她这么叫,真是烦死了。晚上睡不着,白天也不让人睡。"

　　小五没上学,就是因为这个后妈。她说没钱找保姆,让小五晚上几年学。听说小四这种病活不到十六岁。

　　放学时从小五家经过,看见小五的后妈在自家门口和人聊天。说晚上小四吵得她睡不好觉,要吃安眠药。要知道这样就不嫁过来了。透过门的缝隙,我看见小五在水池边洗衣服,水盆里泡着她后妈的花衣服。

　　晚上小五偷偷地来找我,说是被后妈打出来了,不让她吃饭,让我从家里给她弄点吃的。我在厨房拿了馒头,还蘸了一点菜汤,跟妈妈说去厕所。那时晚上妈妈不让我出门,想出去只有这个理由。厕所在胡同外面,我怕妈妈在后面看着,就装着走进厕所。小五看到馒头上的菜汤问我:"这是什么?"我说:"是菜汤。"她笑了,像大人似的说:"这不是在厕所蘸的吧?"我当时一点儿没觉得可笑,很认真地向她解释。她很大度地拍拍我,意思是她明白,她相信我。我看见小五双手抱着馒头,在厕所门口大口大口地吃。那双手红肿得也像小馒头似的。我心里恨透了她的后妈。

没过多久,我放学回家,看见小五家的门口围着好多人,院子里是小五的哭声,是撕心裂肺的哭喊,喊"妈妈"、喊小四的哭声。我从人群的缝隙里钻进去看。小五的后妈,头发蓬乱地坐在台阶上。小五趴在一个白布单上哭。边上的阿姨说,白布单下是小四。

小五早上起床给小四洗脸,发现软绵绵的小五变僵硬了。叫来了大人,才知道小四死了。在小四的床头,小五发现了后妈的一瓶安眠药,已经空了。

小四的三个姐姐也回来了,给小四做了解剖。确实是安眠药致死的。小胡同里热闹了,后妈害死了小四。

我在上学的路上,看见小五和她的两个姐姐站在胡同口与邻居们说着后妈如何虐待她们,害死小四。也有人替小五后妈说话:"人家一个大闺女,没结过婚,过门就当五个孩子的后妈,还有一个是瘫子。那小四晚上怪叫,我们晚上去厕所都害怕。"

小五的后妈没有被警察带走,因为证据不足。小五的爸爸认为是小四自己吃下安眠药的。我看过小四的手,是十根僵硬的手指,根本拿不起药片。

事情就这样平息了,小四死了,小五上学了。小五很聪明,小学时跳过两级,十岁上学,竟然与我同一年高考。她高考考上了

一所商学院,后来去了新加坡,嫁了一个富商。开始我们还通信,后来就没有联系了。

小五的后妈,经历了那件事后,就变得呆呆傻傻的,办了病退,整天坐在自家门口的台阶上。一天,我在街上遇到她,她握着我的手说:"小五给你来信了吗?你有她地址吗?"

几年后看见小五,是在电视上。她接受采访,身份是新加坡外商,说的是新加坡口音的中文,主持人问到她的童年。我很兴奋,以为她一定会提到我们这些小伙伴。让我没想到的是,她竟然说自己是在新加坡长大的。

又是几年没有她的消息,过去的小胡同也拆迁了,老邻居们见面很亲热,聊起来谈到小五家。突然有人说:"知道吗,小五得了和小四一样的病,瘫在床上了。"另外一个邻居说:"我清明节去墓地,那天去得晚了,没什么人,听见有人哭,哭得那叫惨。想去劝劝,走近一看是咱们胡同的小五,墓碑是小四的。那小五得了病,长得真像当年的小四,也不像小时候那样伶牙俐齿了。她翻来覆去就一句话,她说她当年对不起小四……"

首　付

天空张着灰色的幔,没有一点漏洞,使人觉得憋气。

几天前,她把婆婆的一盆千叶草拿到阳台上。一天工夫,原本翠绿的叶子被七月的太阳烤得没精打采,像是有病的样子。婆婆见了很心疼,她急忙把它拿进来。

稠乎乎的空气好像凝住了。她的嘴也像是黏住张不开。她不愿意向公婆提借钱的事,可是她实在借不到钱。蝉在树上不停地鸣叫,也像是在说着心烦。

她拐弯抹角地,和婆婆说了需要一笔钱,很着急,是为了她的宝贝儿子。儿子很优秀很乖,今年就大学毕业了,要在北京工作了。她希望他的生活好一点,不要像她一样辛苦一辈子。她要为他做成这件事。

婆婆听见她说缺钱,脸色就很难看,脊背直直地靠在沙发上。屋子里的光线很暗,她瞥见婆婆的脸上集着氤氲。这样闷热的天,没有雨,突然响了闷雷:"我这脖子真是木啊,头也晕呢!"吓得她心里一抖。

她这一生做的最重要的事情,就是培养了一个儿子。从胎教开始,她就付出心血。儿子还没上学,他就带他参加各种特长班。儿子确实很优秀,考上了重点大学。儿子就要工作了,她固执地认为,要为儿子做了这件事,以后她能为儿子做的事也不多了。

就差几万元。要不是为了年迈的公婆,她也不会因为这几万元发愁。为了照顾公婆,他们从另一个城市搬来,舍弃以前的高薪工作。在这个城市他们重新买房,她的房刚刚装修完,所以她手里的钱不多。

婆婆看见她,出来进去的,心神不安,知道她要说借钱的事。

婆婆抬高嗓门说:"老李的儿媳给老李买了按摩椅。你认识老李的儿媳吗?"她心里也明白,公婆年纪大了,不应该向他们借钱,她也是没有办法。

晚上她问老公:"凑到钱了吗?""股市的钱都拿出来了,不够就算了。我都四十多了,还没享受呢。我年轻时谁管过我了?"老公总是不操心的样子。

她不爱听这话,四十多岁就应该享受吗?她要帮一帮儿子,她要为了儿子将来的生活打算。

还是热烘烘的天,人一动就浑身冒汗。天空依然罩着灰色的幔,她盼着有把刀把它划开。

她还是觉得只有公婆能帮助她,但她张不开口。她又着急,她一边收着阳台上晒干的衣服,一边鼓着勇气说:"要是不装修房子就好了,就差那4万元。""就差4万元啊,我借你……"婆婆的声音像是从喉咙的后部发出来的,细细的,像演戏一样。她真是有些感动了:"我一年内准还清。"她忍着眼泪没有让它流下来。想不到公婆这么爽快地答应了。公婆也是怕了,怕她借的数目大。老人都怕自己手里没钱。

家里的钱,父母给的钱,老公股市的钱,都放到老公的卡上,不多不少刚刚好。明天她和老公要带上这钱,去办一件大事。户口本、身份证复印件也准备好了。

满天的乌云黑沉沉地压下来,树上的叶子乱哄哄地摇摆,雨就要下了。

晚上手机响了,售楼小姐发来的短信提醒:"开盘价每平方米上浮1000元,所以你的首付,要多准备3万元。"

价格怎么上浮了?她在交定金的时候,售楼小姐说了不会涨,还给她算了首付的金额。她把家里犄角旮旯儿的钱都拿出来,又让老公在股市"割肉",从父母处借钱,才凑齐了首付。

儿子马上就大学毕业了,也有了女朋友。北京的房价太高,她想在北京附近的河北能通地铁的地段给儿子交个首付,买一套几十平方米的房。

她打开电脑,这一天的财经新闻铺天盖地地落下来,都是说通州要变成第二经济中心,河北周围的房价一夜暴涨的消息。

天空划过一道闪光,接着是野兽咆哮发怒般的吼声。那吼声突然又消失了。那张灰色的幔比以前更加厚,天也更加黑了。

疗 伤

雪越下越大,梓婧突然脚下一滑,连人带雪滑了下去。幸运的是,她被一棵小树拦住。她向下一看,不由得尖叫一声。下面是斧劈刀削一般的绝壁,掉下去就是粉身碎骨。

一个月前,梓婧向医院请了长假。她选择去西藏的来古村给自己疗伤。那是一处原始而美丽的藏族村落。梓婧住在一个叫央金的藏族女人家里。央金给她做酥油茶、酥油藏粑。看她喜欢吃酥油藏粑,央金教她做。酥油藏粑在梓婧手里一攥一层薄薄的油,梓婧的手上光光的、净净的。

梓婧要去昌都几天,央金恋恋不舍。央金丈夫外出好几个月了,家里只有她一个人。梓婧答应早回来。央金怀孕快生产了,梓婧是个产科医生。

今天央金给梓婧打电话,说她像是要生了。梓婧问:"孩子爸爸回来了吗?"

"还没有。"

梓婧着急赶路,没想到遇到雪天,又滑下山。她跨在小树上,手抓树梢。过了二十多分钟。梓婧冻得哆嗦起来。她想,自己就要冻死,掉下山崖了。央金的孩子要出生了,央金在等着她。

梓婧开始大声呼喊。这样偏僻的地方是不是有人来?她担

心会喊来野兽。就在这时,她听见沉重的脚步声。梓婧又奋力大喊。她用力过猛,身下的一根树杈啪的一声断了。

一个高大健壮、胡子浓密的男人探下头来喊:"别害怕,给你绳子,抓住了。"来的是一个藏民。"你抓住它,抓紧了。我拉你上来。"梓婧的手已冻僵了,不听使唤。绳子在她的眼前晃动,几次触到了她的手背。终于,她的双手牢牢地抓住了那根救命的绳子。她双肘贴胸,控制姿势,往上爬。

那个人站在一个斜坡上,艰难地拉着她,积雪跟着滚下来。"我不行了!""别说傻话,这个我见得多了,使劲,马上就上来了。"

梓婧真的被拉了上来,他看见那男人的手被勒出了血。

"你是要去哪儿啊?"男人问。

"我要去来古村,可是我迷路了。"

"我就住那个村子。你跟我走吧。"男人走在前面带路。他的汉语并不好,一路上他们没有太多交流。

他们进村的时候,已经是半夜了。村口有几个人打着手电,举着火把急匆匆地往外走。其中一个人跟救梓婧的男人说:"央金快生了,我们要去请医生。"梓婧听央金说过,这里离最近的乡卫生所也有四五个小时的路程。

梓婧告诉村民,她是妇产科医生,能接生孩子,可是村民都用疑惑的眼神看着她。梓婧不管不顾地走进央金的家,她摸了摸央金的胎位,微笑着说:"胎位很正,能顺产。不用着急。"央金握着梓婧的手,点点头。

一个小时后,孩子出生了,那个在悬崖边救过梓婧的人,非常激动。原来,他就是央金的丈夫。小孩生下来的第三天,亲友们带上酒、茶、酥油和满满一羊皮小口袋的糌粑来央金家祝贺。

村民们拉着梓婧说:"曼巴(医生)留下来吧。"梓婧说她要回医院,她的假期到了。

第二年,在雪山、冰川围绕的小村庄,人们又看到了梓婧。她背着药箱在大片大片绿油油的青稞和金灿灿的油菜花中间,快乐地行走。

氧　气

这是一辆开往日喀则的旅游大巴,林和老公坐在大巴车的前部。林此时有点儿轻微的高原反应。

导游是一个纤弱的女孩,脸上的青涩还没褪尽,神态中也带有几分拘谨,讲解也不像是受过专业训练的。看样子她是第一次带团,或者就是个临时导游。

年轻导游颤颤巍巍地站在车厢最前面,生硬地做一些文化、地理方面的介绍。有的乘客觉得无聊,喊她讲个故事。

导游好像受到了启发,脸上也有了光彩。她说要与三位男士做一个游戏:"我带你们到一个少数民族地区旅游,当地人如果非常喜欢你,就会请你做一件事。大家猜是什么?"

有人猜是吃饭,有人猜是喝酒。结果没人猜对。导游露出得意的表情,一字一句地说:"请你洗澡。"

"有大、中、小三个桶,"她用手指着后面的一位男士,"您要什么桶?""要小桶。"那人回答。还有乘客喊"要大桶"。

林想,这一定是一个无聊的游戏陷阱。还好他的老公在她面

前一向很谨慎,不会参与这种活动。可就在这时,她听到身边发出熟悉的声音:"要中桶。"这是老公的真性情,他是一个中庸的人。

导游已经没有了开始的那种拘束和羞涩,她不急不躁,故作神秘地说:"要小桶的人,当地人会让你坐在桶里,全家人看着你洗澡。"大家听后笑成一团。导游接着说:"要大桶的人,他们全家和你一起坐在桶里洗澡。"车厢里又一次响起笑声。"要小桶"和"要大桶"的男士被大家肆意嘲笑着。

最后,导游把声音提高八度,像是在做一个重要宣布:"要中桶的人,他们会让养了十八年的闺女和你一起洗澡,并把她嫁给你。"全车人的情绪此时被调动到高潮,所有人的注意力都集中到林的老公身上。无疑,林的老公是个大赢家。

林的心一下子沉了下来,她真想把这个扫兴的小导游一脚踢下车。在导游的"游戏"里,林的老公要和年轻姑娘一起洗澡。这种场景,就算是在想象中也让林觉得受到羞辱。

她看看老公,他满面春风,目光迷离。林和他说话,他也听不见,看神情,仿佛正沉浸在与年轻女孩一起洗澡的美梦中。

就在这时,导游在众目睽睽之下走到林和她老公面前,意犹未尽地问林的老公:"这位先生,您有女朋友吗?"她又一次放大了林的坏心情。她气愤地脱口而出:"导游,你这是在讲黄段子,你不怕被投诉啊?"

导游惊慌起来:"大姐,对不起,我是想调节一下气氛……我……"

林的头剧烈地疼了,像要炸掉,心跳也加快了。早上红景天吃过了,后来又吃了高原安,现在都不管用了。

窗外绵延起伏的山峦越来越苍远,山坡上的植被也逐渐稀少,处处迹象都警示着:这是一个生命的禁区。

林觉得胃里有东西往上顶,她想呕吐。她大声地喊:"停车,停车……"

司机把车停在了路边。林的脚像踩在棉花上,软软的借不了力。老公搀扶着她下了车。

林蹲在地上呕吐起来,她觉得周围的山都在旋转,头晕得不敢睁眼睛。

她对老公说:"氧气,我要吸氧。"

"氧气昨天已经吸完了。"老公焦急地说。

"那你怎么没再买!"林的心里窝着刚才的火。

"我不行了,给我一点氧气。"林的心里想:只要有氧气,她马上就没事了。

老公转向了导游:"能找点氧气吗?我老婆高反太厉害了。"

"能坚持吗,大姐?高原反应很正常,开始最好别吸氧,有依赖性。"导游弯下腰安慰着她。

其他的乘客开始抱怨:这么偏僻的地方哪找氧气?看来今天晚上要住到野外了。

林低垂着头,有气无力地说:"你们走吧,把我留在这儿,回来时接我……"

导游急得转了几个圈,然后说:"你等着,我去给你找氧气。"

一个小时后,导游回来了,手里拿着一个氧气瓶。

林看见这个氧气瓶,挣扎着站了起来。她把氧气瓶的吸管放进鼻子里,头脑马上清楚了好多。等到吸完了,心跳恢复了正常,头也不晕了。

旅行车继续前行,林的高反症状消失了,心情也渐渐好了。她一路欣赏美景,用相机不停地对着窗外风景拍照。

下车的时候,导游拉住了林:"对不起,大姐……"

"没事,那件事我都忘了。"

"不是,是氧气……"导游说。

"氧气的事,要谢谢你,我刚才高原反应太厉害了,差点没熬过来。"

"不是,大姐,我去找氧气,跑了几里路都没找到。"

"你不是给我氧气了吗?"

"真对不起!那个不是氧气,是我在一个给汽车轮胎充气的地方充的气。"导游不好意思地说。

两棵银杏树

吴老汉的小院内,有两棵枝繁叶茂的银杏树。里面的一棵是雌树,挺拔瘦削;外面的一棵是雄树,粗壮丰满。

据说这两棵树是吴老汉的祖上种的。刚种下的时候,两棵树之间有一段距离。慢慢地,他们的根交织在一起,树枝也缠绕在了一起。两棵树像是长到了一起,村子里人们都称这两棵树为"夫妻树"。

这天,吴老汉家里来了客人,惊动了这两棵"夫妻树"。

她神秘地对他说:"你看,那个收古董的小个子又来了。"

"他来了七八次了。吴老汉的铜板多,这小个子是来买铜板的。"他把手臂伸向她,摸了摸她的头。

收古董的小个子站在银杏树下,点上一支烟,端详着这两棵树。吴大娘招呼着："别着急走啊，正好赶上吃饭，一会儿就在这吃。"说着，拿了个塑料袋去堂屋了。屋里传来哗啦哗啦的声音。不一会儿吴大娘就拿出一小袋铜板。小个子数着铜板，嘴里说着："我都要了，还按上次的价钱给。"

吴大娘说："你们聊，我去做饭。"小个子问吴大爷："家里还有铜板吗？"吴老汉说："像是没有了，家里困难的时候，卖了150斤。你知道当年卖多少钱一斤吗？"小个子点上一支烟，吸了一口："猜不出来。""那时才9毛一斤。"吴老汉遗憾地说。小个子摇着头："真是太可惜了，您的铜板是罐装的，龙多旗少，品相好。"

吴大娘端出了一碟炒鸡蛋，一盘花生米。吴老汉和小个子古董商坐在银杏树下的石墩上，边吃边聊。

两棵银杏树的头碰到一起，发出哗啦哗啦的声响。小个子回过头，看见两只麻雀正从树干上飞走。小个子说："大爷，这两棵树真精壮，也有年头了吧？""三百年了，年年开花，年年结果。"吴老汉得意地说。

"还有什么老年头的东西？"小个子嘴里嚼着花生米。吴老汉拿出一个酒壶，说："这个六十多年了，是我叔叔给我的。"小个子仔细端详了酒壶："这个我也要了。十个铜板的价，怎么样？"吴老汉看了看酒壶："拿去吧，我留着也没用。"

临走时，小个子问吴老汉："您儿子还在城里打工？啥时娶媳妇？"

吴老汉叹口气说："打工呢，哪有姑娘愿意跟着他，我们这里彩礼就得两万。"

小个子听了吴老汉的话，笑笑，又拍了拍银杏树粗壮的树干，转身出了小院子。

晚上,两棵银杏树窃窃私语。

她说:"这小个子来了好几年了吧?"

"五年前就来了。"他点着头。

"那时候吴老汉把他领到家里,拿出一堆铜板让他看。""几块一个,第一次他就买了两百个,一个挣一块还能挣两百块呢!"

"铜板卖得差不多了,这下小个子应该不来了。"

夜深了。两棵银杏树的叶子不小心碰到一起。她总是假装生气地推开他,又被他缠回来。

小个子收古董的果然不来了。秋天银杏树落下满地金黄色的叶子,像是涂满金黄色的一把把扇子,散落在吴老汉家的屋顶上、院子里。到了第二年的春天,银杏树又开始慢慢冒出嫩绿的芽,渐渐地,树冠上像是戴上了一把大发梳。

突然有一天,小个子又来了,还带来了好几个人。吴老汉有些遗憾地说:"咱家没有铜板了。"小个子说:"我不要铜板,你的这两棵银杏树卖给我一棵吧。"带来的那几个人,围着这两棵树左看右看,指指点点。吴老汉说:"不卖,这两棵树,三百年了,都守在俺家,不能卖。闹饥荒那几年,幸亏了这树上的白果。没有这两棵树,我们全饿死了。"小个子说:"大爷,这树可比铜板值钱多了。卖我一棵,给儿子娶媳妇。"

吴老汉听说给儿子娶媳妇,有点动心了。他问小个子:"能卖多少钱?"小个子很仗义地凑到吴老汉耳边说:"卖了这棵树,正好够彩礼。"吴大娘走到吴老汉身旁:"他爹,儿子那点儿打工钱,再过几年也娶不上媳妇。你不想抱孙子了?"吴老汉狠狠心说:"哎!那就弄走外面这一棵吧。"说完转身回屋里了。

第二天,一辆大卡车把那棵粗壮的银杏树搬走了。留下的这一棵,在风中摇曳着。不久,留下的这棵的树叶开始飘落,树皮也大片开裂脱落。

一天夜里,剩下的这棵银杏树,轰的一声倒下了,倒下的方向正好是另一棵被搬走的方向。

斗　猪

寨子外传来的芦笙的声音,冲破了苗寨的寂静。观看苗年斗猪大赛的人们,从四面八方来到村里小广场。人群越围越大,给主角围出了一个场地。

斗猪比赛是寨子里的一件大事。"猪王"配种的价钱比一般猪高好几倍。

"卷毛"和弟弟"短毛"今年都参加苗年节斗猪比赛。比赛后,兄弟两个只能留下一个作为配种猪,另一个则会被主人杀掉。

斗猪的主人把放在赛场内的笼门打开时,两头猪先是绕场一圈跑。心急的主人,用木棍戳和刺它们。相斗的两头猪被激怒了,就像见了仇敌一般向对方冲去。

"卷毛"这一场要和邻村的"毛白"厮杀。"毛白"身材比"卷毛"高大,是去年的"猪王",给主人挣了不少钱。今年"毛白"已经胜了13场,打遍了附近乡镇。"毛白"主人放出口风,"毛白"今年还要当"猪王"。"毛白"与"卷毛"相遇时,相互攻击,相互拼打,互不相让。

"毛白"脾气暴躁,经验老到,上来就很凶猛。"卷毛"在咆哮中不慌不忙地寻找机会。"毛白"与"卷毛"在一次次碰撞中张开

嘴巴。不一会儿，两个都是满嘴白沫。几分钟过后，"毛白"与"卷毛"都像是用尽了自己的体力。它们像拳击台上筋疲力尽的拳击手一样，紧紧贴在一起，从侧面顶住对方。正当大家以为比赛要以平局告终的时候，"卷毛"寻找到机会，趁着"毛白"四脚倒退的时候，突然发起进攻。"卷毛"用嘴里两个长长的犬齿，刺向对方的身体。"毛白"调转身体，嚎叫着逃离比赛现场。"卷毛"战胜了"毛白"。

　　再胜一场，"卷毛"就是"猪王"了。"卷毛"异常兴奋。

　　中场休息时，"卷毛"被关进笼子里。参加完选美的"秀秀"正好走过来，它的尾巴上系着红绸子。"秀秀"从"卷毛"身旁走过去，像是闻到了"卷毛"身上的气息，突然转过身朝着他跑来。"秀秀"的主人拿着铁钩子，在后面追，拦着"秀秀"的腿。

　　"卷毛"刚刚在选美比赛上看见了"秀秀"。"秀秀"主人揪住"秀秀"的尾巴，和"秀秀"一起在广场上跳舞。"卷毛"春心荡漾，它觉得自己现在已经是"猪王"了，它要让"秀秀"做王后。"秀秀"不肯回家。"卷毛"也不想待在笼子里了。它拼命往铁笼子外冲，用头部撞开了笼子，朝着"秀秀"冲过去。这时"秀秀"已经被三个人用铁钩子拦住了腿。"卷毛"的主人也赶紧跑过来用铁棍拦着他。"卷毛"嚎叫着，喊着"秀秀"。

　　疯狂的"卷毛"要打架，主人心中倒是高兴的，他把"卷毛"轰进场子。"卷毛"的斗志被激起来了。主人知道"卷毛"这次要狠狠地打一场了。"卷毛"的嘴像一道伤口咧开着，像一阵飓风似的怒吼着。

　　"卷毛"不知道是谁和它争夺"猪王"桂冠。它要撞断对手的肋骨，咬掉对手的耳朵。它在场子里焦躁地跑着，这时对手也向它跑来，"卷毛"发现对手的腹部有一个深深的口子。对手在上场比赛中,已经负伤了。"卷毛"更加兴奋了,"卷毛"要撞垮他,"卷毛"冲了过去,"卷毛"跑到对手面前,呆住了:对面竟然是他的弟弟"短毛"。

"短毛"看见哥哥"卷毛",神色茫然,眼里先是喜悦,尔后又是惶恐。兄弟两个交错着转了两圈,装作撕咬着没有撞击。这时场上人声鼎沸,叫喊着让它们开始。

"卷毛"看见弟弟眼里的悲哀,它用头顶了顶弟弟。"卷毛"听见"短毛"在痛苦地呻吟。"短毛"的伤势不轻。"卷毛"示意弟弟撞击它。如果它们不互相进攻,两个都会被杀掉。

"短毛"用头摩擦着"卷毛",没有一点儿进攻的意思。场上的裁判走了过来,准备终止比赛。如果现在比赛终止了,"毛白"就是冠军。"卷毛""短毛"兄弟两个就会被杀掉。就在裁判走近兄弟俩的身旁时,"卷毛"倒下了。它不是被弟弟打败的,而是自己倒下的。

比赛结束了,大家欢笑着散去。"卷毛"因为摔倒,被主人认为没有攻击力杀掉了,它的弟弟"短毛"腹部的伤势过重,不能再参加比赛了,也要被杀掉了。

寨子在节日的这几天,家家户户杀猪宰羊,烤酒打粑庆丰收,希望来年风调雨顺,五谷丰登。

周末开往北京的火车(一)

我的身边是一对年轻恋人,男孩依偎着女孩站着。女孩的双手环绕在男孩的腰上,她的头和上半身重量都倾斜在男孩身上。男孩一只手扶着座椅的后背,另一只手抚摸着女孩的头。车厢里很暗,看不清他们的脸,只能感觉到他们模糊的轮廓。

这是一列开往北京的火车,车厢里挤满了人,多数是周末回到小县城,休息一两天,然后赶回去上班的年轻人。我的耳机里播放着属于我一个人的音乐。音乐声音很大,但还是能感觉到身边两个年轻人的浓情蜜意。从女孩模糊的侧脸和身上散发出的细薄的香水气息判断,她应该是一个感情细腻而又柔情似水的女孩。

火车在一个站停下,站台上站满了等候上车的乘客。刚上来的乘客,把车厢走道原有的缝隙挤得满满的。

火车更沉重了,它颤了颤,重重地吐了口气,继续前行。

男孩被拥挤着,也是因为甜蜜的情绪,他整个身体突然失去平衡,压向女孩。女孩笑着身体倒向我,两个人相拥着笑成一团。我的头被两个人撞到车窗上,嘭的一声响。两个幸福的年轻人似乎并没有察觉到。我动动肩膀,算是对女孩的抗议,心里还是不想惊扰两个年轻人的二人世界。

我猜想,女孩身边的男孩是什么样的呢?应该是很帅或是很酷的,相貌肯定差不了。

火车到达天津站,女孩下了车,男孩坐到我的对面,车窗外的灯光照进来,我看清了他的脸。和我在昏暗中的想象完全不一样,男孩脖子很粗壮结实,头也一点没示弱,和脖子宽度差不多,脖子和头扎实地形成一体,不分彼此,形状很像中指的指头,五官更没有一点值得欣赏的地方。我有点诧异,难道这就是刚才那个泛着淡淡香水气息的女孩依偎着的、对其依依不舍的男孩的脸?

"情人眼里出潘安。"我对着窗外的夜色释放一个微笑,突然想起这句话。

我在廊坊站准备下车时,车厢走道里已经挤满了等待下车的人。我尾随在一位扛着大包裹的中年人身后,艰难地挤出车厢。车厢外还是人群,是仰着脸等待上车的旅客。下一站是北京,这些人大概是周末回廊坊,周一要在北京上班的。

快要走出站台时,我回头看看这列就要离开的火车,心里想,不知道下一次又会遇到什么样的旅伴。

周末开往北京的火车(二)

一对小情侣,分别坐在车厢走道的两侧。女孩戴着一副近视眼镜,小嘴紧紧地抿在一起。一本杂志贴在脸上,她看得很认真。

男孩拿着手机,眼睛眯成一条线,笑眯眯地玩游戏。他的嘴也很小,我用眼睛做尺子比了比,与女孩的嘴唇宽度一样。我猜他们接吻的方式,应该是嘴唇碰嘴唇的那种。

女孩面容白皙,可怎么看都有点像老太太。

她的头上，戴着一顶很圆的帽子，像是她自己织的，是简单的"麻花针"。帽子应该是套在西瓜或是皮球上织的，不然怎么有这样的效果，像个瓜皮一样扣在她眉毛上方？

车厢里很热，女孩的帽子又很老气，我几次冲动地想替她拿下她头上的不像样的"西瓜皮"，几乎都站起来了，又忍住没有那样做。

女孩应该是很自信的，因为坐在她对面的是两个年轻时尚性感的女孩，两个女孩碰巧一个古典一个现代。车厢里的男人们路过这两个女孩身边，都有意无意地侧头看看。

而我对面的那个女孩，像是根本看不见那两个美女，从容淡定地扮成小嘴老太太，旁若无人地看杂志。

想想自己在这个女孩的年纪，没有这样的从容淡定，没有顶"西瓜皮"的勇气。那时，总想穿着与众不同，就是在人群中离得再远，看不清眉眼，就是背影，只凭独特的衣服款式、颜色，也有人能一眼认出我来。

男孩拿出饼干递给女孩，女孩吃着饼干，眼睛并没有离开书。

男孩的性情看起来很好，一直是笑嘻嘻地玩游戏。女孩把饼干盒递给他，让他吃。我看他犹豫了一下，因为里面已经没有饼干。可是女孩还是用手推他，示意他吃。男孩就笑嘻嘻地吃饼干盒里剩下的碎屑。

这对恋人的样子很安静，让我想象他们几十年后，成了真正的爷爷奶奶，仍然是两个人笑眯眯地抿着嘴看书的样子。

火车经过天津站的时候，车上的人渐渐少了。这一对小情侣就隔着走道，手拉手地荡起来，一个是戴着瓜皮帽的小嘴，一个是有着笑眯眯眼睛的小嘴，两只牵着的手，旁若无人地荡过来荡过去。

我看着这对情侣，突然想笑，忍了几次都没忍住，就用手指掐自己，心里骂自己："不能笑！怎么能笑人家小情侣呢？"可还是忍不住，只好拿起一本书挡住自己的脸，藏在书的后面一直笑完。

火车停在廊坊站，我下车了。那一对情侣看来是在下一站北京站下车的。虽然没有和他们说一句话，但看得出两个人的性情都是温婉平和的。多么好的一对儿，祝愿他们工作、生活幸福甜蜜。

周末开往北京的火车（三）

开往北京的这一列火车，每到周末就变得拥挤不堪。乘坐这趟车的，大部分是住在沿线的，赶在周末回北京、天津方向上班的年轻人。

为了能在火车上有一个座位，我总是提前一天买好车票。但在国庆节假期的最后一天，我体会到了有车票也坐不到自己座位的焦急与苦恼。

手里拿着76号座位车票，却被堵在了车厢门口。我踮起脚尖看看，前面已经是水泄不通了。原来以为是放行李的和没有找到座位的旅客暂时拥挤在一起，等过一会儿，大家都坐下了，道路就会疏通开。可是过了十几分钟，拥挤的人群纹丝不动。我才明白，拥挤在前面的乘客，是前几站上车的，是没有买到有座位票的乘客——他们把走道给占满了。

我后面的高个子女孩焦急地喊："让我过去，我的座位就在

前面两排。"前面的一个男孩也在喊:"前面动动,让我过去。"他们的声音都很大,可是没有人理会,因为前面根本就走不动。

我看了看人群与座椅,真想从座椅上方跨过去,可又不敢那样做。还是装作淑女吧,于是缕缕头发,低下头像淑女一样发出一声叹息。

超了载的火车,像是一个臃肿的孕妇,走得很慢很笨拙。经过了一站的时间,我终于艰难地挪到了自己的座位上。76号竟然还是一个靠车窗的座位!

拥挤的车厢里显得很热,我脱下橘色风衣,是站起来左右扭动几次才脱下来的,因为实在坐得太拥挤,胳膊伸展不开。我左侧是一个年纪与我相仿的女人,她想脱下外衣,试了几次,胳膊还是伸展不开,没脱下来。我侧过身说:"我帮你脱。"于是两手拽着她的一只袖子,一点点脱下来。她一边说谢谢,一边和我一起咯咯地笑。

我身前的小桌子上,摆满了背包、纸袋。不知是从哪个包里,隐隐约约散发出煮熟的螃蟹的香气。

坐在我对面的,是两个年轻人。男孩的手臂搂在女孩丰满圆润的肩膀上。他宽脸庞,小眼睛,东北口音。女孩胖胖的,是没有线条的胖,像一块未加工的面团,没有什么形状,只是在胸部高高地耸出两处,其他部分好像还没来得及细细修整。

两个人都闭着眼,眼睛本来都不大,闭上的时候,就是一条窄缝。他们闭着眼睛的样子都很乖。我不想这样比喻,可是他们看起来,确实像极了两个睡熟了的小动物。男孩的左手在女孩的脸上轻轻摩挲。女孩也已经睁开了眼睛,低头静静地玩着手机。她虽然长得不漂亮,但是很乖,很温顺。男孩的脸,凑过来,看着女孩的手机,不时地用嘴在女孩脸上亲一下,然后很满足地笑笑。

女孩没有什么反应,表情还是乖。女孩问他:"你吃螃蟹吗?"男孩说:"吃。""真馋。"女孩把手伸进一个纸袋,拽出一个螃蟹腿来,递给男孩。男孩一点点咬着螃蟹腿,很享受地说:"你爸爸告诉我,吃一个螃蟹腿能喝二两酒。"

以前总有一种人,喜欢看别人谈恋爱,偷偷跟在小情侣们后面,甩不掉。现在可能没有那种人了,因为年轻人不避讳别人怎么看他们了。倒是被迫看见的人,觉得不好意思起来。

处在这种环境,我就变得不自在了。幸亏包里有书,拿出来遮遮"羞"。

虽然有书捧在手里,还是能感觉到周围这些年轻人。

站在我边上的这一对情侣,女孩的身材很好,长发,身高和她的男朋友差不多。两个人面对面站着,互相搂着对方的腰。女孩说:"车厢里怎么这么热呀!"男孩笑笑说:"不急,还有二十分钟就下车了。"说完在女孩嘴上轻轻一啄,女孩也并不羞涩。接下来,男孩每说完一句话,都有这样一个啄的动作,像是为自己的话画上一个句号。挤在他们侧面的一个中年男人,吹着口哨,哨音很嘹亮。他偶尔也说两句话,声音是浑厚纯正的天津口音。人实在太多,我始终没看见那个天津老乡长什么样子。

周末这列开往北京的火车,真应该叫"青春号"。车厢走道里站着的,多数是年轻人。

这样拥挤闷热的两个小时,应该是让人厌烦的。可是车厢里一对对小情侣相拥着,很安静,也很美好。

我的头倚在车窗上,闭上眼睛,心想:幸亏这世上除了拥挤烦躁,还有爱情。它让我们疲惫的身心找到了依靠。

周末开往北京的火车(四)

车厢里,我想找一个清净的角落。走过了一排又一排座椅,我发现了一个空的位子。这排座椅上没人,但是放着一双穿着白色棉袜的脚,是坐在对面的小伙子伸过来的。

我放下背包,没有回头。问:"这里有人吗?"没有人回答,那双脚却撤了回去。

我知道这个小伙子不会欢迎我,我打扰他了一个人的空间。但我也顾不了这么多,近三个小时的旅途,我想给自己找个清净舒适的地方。

我打开背包,拿出近视眼镜和一本小说。小说刚刚看了两行,就觉得自己被两道来自对面的热浪攻击着,那是来自那小伙子的一双眼睛。

我感到有些不自在,合上小说,抬起头把不满和疑惑都放在目光里向他投去。

我看清了这个小伙子。他身体前倾,双肘撑在车厢的小桌子上。圆圆的脸,一双浓眉下面隐蔽着一双似笑非笑、发出金属光泽和炭火般温度的眼睛。

与这样的目光相遇,就像手抚摸一把锋利的宝剑,一不小心就会被割伤。

我不能再接着看书了,我要先把这攻击的目光打击回去。

于是我看见自己一身白衫,飞身站在了竹梢上。对面那青年也提气以轻功站到另一根竹梢上。耳边是沙沙的风吹竹叶声。此时云很低,天上起了风。

我为了保持平衡不能妄动,那青年却笔直地站着。

两人在竹海上飞,最后两人飞到同一根竹子上。此时此刻两人一举一动都息息相关,稍一挪动都有坠落的可能。

那青年站在竹梢上,我企图移动使他坠落,但竹子在弯,他还是能找到一个平衡点。

青年说:"道生两极,两极成道,法自然。"

我向下移动竹子几乎把青年举起,他仍在平衡之中。

突然他一提气离开竹子,竹子打直,我险些摔倒在地。我起身追赶,两人在竹林间对打,几个回合仍不分胜负。火车突然鸣笛,把我惊醒。我意识到,刚才我把自己放进了《卧虎藏龙》的角色中,觉得有些好笑。

对面青年并没有恶意,我也没有取胜的可能,于是我先让自己的目光变得柔和。

开口问他:"去北京?"

"嗯。"那目光并没有因为讲话而变得稀松。

"是工作还是回家?"

"回家。"

"在天津做什么工作?"

"武警。"

我明白了,他那如火的目光来自他的职业,特殊的职业造就了他能融化冰雪的目光。

小伙子问我:"你是老师吧?"

"为什么认为我是老师?"很奇怪,大部分的陌生人都会误以为我是老师。

"我看你一进来就拿出书来看,所以觉得你是老师。"

我说:"我不是老师,我是剑客,女侠……追杀……"我的声音很小,故意没有让他听清。

我和这个小伙子就这样聊起来,他的目光一直是聚精会神地注视,我也理解了他是出于职业的习惯。

明年他就要转业到地方了,我们聊了很多就业的事情。旅途的时间很快就过去了。我起身下车时,小伙子帮我拿背包,送我到车厢门口。他的身材不高,但是动作异常敏捷。我想还好,刚才没有真的同他过招。

我走下车厢时,看见他在车窗里微笑的脸。

周末开往北京的火车(五)

火车到达天津站的时候,像是被倒空的水果罐头,整个车厢基本都空了,只是在罐头壁和底部还有一些果粒残留。

我透过玻璃窗,看见从候车室下到站台的电梯上,旅客像瀑布一样源源不断地"流"下来。

这是一趟周末开往北京的列车。在天津站倒空又装满,装得结结实实,比以前还满,直到一滴水也装不下了,火车才像哮喘病人似的喘上几口气,咣当咣当地开走。

一位老人向我这边走来,犹豫了一下,坐到了过道对面。我盯在小说上的眼睛瞟见了他,心想:大爷坐那儿好,踏实坐着吧。

没想到那老人想起什么似的,拿着两个乱蓬蓬的包,轻飘飘地走过来,坐到我对面。无论年轻时多么结实的人,到了老年都显得有点软绵绵的,不是年轻人的柔软,而是无力的软。

我的周围又来了几个二十几岁的年轻人,把这两排座位挤得严严实实,那位老人开始和周围人聊天,我的小说也看不成了。

我开始端详大爷,他皮肤很白很细腻,几乎没有什么皱纹,眼睛又细又长,手指也很白皙,像一双保养很好的年轻女人的手。头发稀薄,头顶部像被舔过一样干净,接近后脑勺的部分却有一排严密的防线。那部分索性留得很长,像打开的扇子一样披在肩膀上。

他人很瘦,一件呢子大衣没系扣,露出里面的中式对襟棉袄。脖子上围着一条三十年前我爸爸围过的那种像毡子一样厚实的围巾。

我忍不住问:"您去北京?"

他眯着细眼回答:"我去天津听戏去了,早上这趟车来,听完戏晚上还是这趟车回去。"

"哎哟,那真辛苦。"边上的一个女孩说。

"那有什么呀,玩儿呗。"那嗓音在喉咙里撑圆了,地道京腔。我想起在影视剧里看到的拎着鸟笼子泡茶馆的八旗子弟。

"您怎么不在北京听啊?"我有点儿好奇。

"北京的戏能听吗? 新街口那不要钱,随便听,随便我都不听。"

这时我看这老人好像并不老,不然怎么能每周来一次天津听戏。

我边上的男孩问:"您身体真好,多大年纪了?"

他小眼睛往上一翻:"我七十多了。"

"您真不像七十多的。"我脱口而出,这话真不是恭维他。

"还不像?"说着他做了一个举动,吓得我哎哟尖叫一声,急忙用书挡住脸。

你们知道这大爷做了什么吗？他把身子探过来,然后闪电般地把一排假牙摘下来放在我眼前。

"您真是吓死我,您这也太突然了,快快戴上。"我的脸扭过去,不敢看他。

大爷高兴了。"没骗你吧,七十多了,我孙子都有你这么大了。"

"那您是看走眼了,您孙子能有我这么大?"我问他。

"你多大了？我看你就二十多。"他一边和我说话,一边在自己的书包里摸索着。

"您这么喜欢天津,索性卖了北京的房子,到天津买一套,省得每周都跑。"我说了一个不太现实的话题。

"就我那房子谁要啊？快别提了。"字正腔圆的京腔。

"怎么了?"

"那五楼的天天砸地板,用凳子腿砸。还让我找居委会,他怎么不找啊。"说着摇了摇头。

"为什么呀？那您应该找找居委会。"我很想给大爷出主意。

"我哪有空闲？两只狗,我妹妹一只也在我这儿呢,每天早上六点就遛狗。"他从书包里拿出一个食品袋,里面装着几个包子,又拿出一杯水。

"我妹妹那只狗可能吃了。它嘴大,吃完自己的鸡蛋,嗷的一口,把别人盘子里的也吃了。"他学着狗的样子,张大了嘴。

我平时是个很笨的人,这天不知哪儿来的机灵劲儿,怕大爷没发现我机灵,忙对他说:"我知道为什么五楼砸您地板了,准是因为您家的两条狗。"说完这句话我还觉得很得意。可是接下来他对我的态度,让我后悔不应该说了。

"我那狗,只有五楼在我家门口经过时才叫,谁让他们家那么多人,总是上来下去的。"

"五楼可能不喜欢您那两只狗叫。"我又说了一句不应该说的话。

这时大爷闭上眼睛,说了一句:"快别费唾沫了。"就不理我了。

看看时间我已经快到廊坊站了,我真后悔不应该说那句抖机灵的话。

几分钟后,我才找到说话的机会。我看见他就着杯子里的水吃包子,忙关心地问:"凉不凉啊,大爷?回家热热再吃吧。"

"不凉,这水杯保温,在戏院打的水,免费。"他仍然不抬眼皮地说。

在我下车时,大爷对我的态度终于缓和了,又和我满口京腔地说话了。这次列车上,我长了教训,以后一定不冒冒失失地说话了。可是性情,哪是说改就改的。

周末开往北京的火车(六)

火车里仍然很拥挤,坐在一起的几个人互相都不认识,也没有互相聊天的兴趣。

于是各自都找到自己消磨时间的办法,我仍然是拿出一本小说来看,坐在我右边的女孩和对面的男孩各自在用手机上网

聊天。

不知道是谁的两个大旅行包，放在座位的旁边，占据了乘客们放腿的位子。我的座位靠近过道，于是把腿伸向了侧面。男孩和女孩是面对面靠车窗坐的，他们看起来坐得不舒服，脚下面活动的空间实在太小了。

手机上的QQ像小蛐蛐叫个不停，是两个年轻人各自在手机上聊天。女孩长得不漂亮，但是很健康，粗胳膊粗腿的，虽然没说话，也能看出是个爽快干练的人。对面的男孩个子不高，圆脸，很精明的样子。

我带了一本从图书馆借的法国小说，封面上用炽热的红字写着《法国情色小说经典》。在拥挤的车厢里举着一本情色小说看，会被人误解，也不好意思，于是我把书摊在腿上看。

我低头看书的时候，正好看见男孩与女孩的腿看起来很累，想挪动，又没有活动空间。

男孩动了动腿，又说了声对不起，可能是碰到女孩的腿了。女孩说的不是"没关系"，而是很大方爽快地用正宗天津口音说："咱俩都把腿叉开，你的一条腿放在我腿中间，交错着放。"男孩带着柔和的南方口音说："行。"

女孩的这句话像是有种神奇的力量，打破了陌生人之间的沉闷，也让这两个年轻人之间的距离拉近了。

两个人都挪动了一下腿，看起来比过去坐得舒服了。男孩笑着问女孩："你的QQ号多少？"女孩一点儿没犹豫地说："99……"

接着两个人一会儿在手机上敲字，一会儿抬头互相笑笑，虽然是头碰上了头，腿挨着腿，两个人却通过手机，不是说话，而是打字聊天。

我猜想着，他们在说着什么呢？想不到两个陌生的人以这样

的方式相识了。这个世界很奇妙,许多的人擦肩而过,永远不再见面;而有的人因为一句话,就能相识,成为难忘的朋友。

周末开往北京的火车(七)

"周末能在这趟车厢里找到一个座位真是不容易。"我心里嘀咕着坐下后,发现我的左边是一个衣着朴素的中年妇女,右边是一个蓬头垢面,浑身脏兮兮的女孩。

女孩看起来也就十八九岁,身材和面部都不难看,浑身上下还粘满了长年累月积攒下的污垢。她的胳膊和腿都是黑黑的,手心与手背黑白反差很大。脚上穿着一双袜子,现在的女孩很少有夏天穿袜子的了,我猜想那袜子应该是捡来的,因为十多年前才有那种款式的丝袜。

我想离开这脏兮兮的女孩,起身环顾四周,却发现没有空座位了。左边的中年女人,虽然穿着很土气,但是身上发出一股香皂的气味。我把头偏向左边,让鼻子离那女孩远一些。

鼻子远离了女孩,眼睛又忍不住看她。她身边坐着一个二十六七岁的男人,两只眼睛眯成一条线。他笑眯眯地用手打了一下女孩的头。女孩愤怒地反击,男人不停地进攻。女孩像是仇恨地还击,眼里喷着怒火,用头去撞男人的下巴。那男人擦了擦嘴,像是有血。可他还是笑,像是兴趣盎然地逗一只小动物。这只小动物并不甘心做他的宠物,而是更加疯狂地抓他挠他。

我奇怪,他们为什么不说话呢?男人有笑声,有时用手比画,女孩没有声音。我明白了,这女孩是个哑巴。看着女孩愤怒的样子,我心想,这男人是不是人贩子?

我坐直了身体,紧张地准备随时喊车上的巡警过来。可是,又看那女孩手里攥着两张火车票,用黑手和男人同吃一包饼干。并且,在那男人趿拉着鞋,拿着一个饮料瓶子去接水时,女孩并没有离开。看来她并不是被挟持的。

细看女孩又脏又乱的头发和那愤怒的眼睛,倒是看出几分味道来,是野性的女人味。

我猜想,这应该是一对情侣,至少是朋友。那男人欣赏这个哑女,女孩是否喜欢这个男人,我可是一点儿也看不出来。

旅　伴

十几天的旅行,感觉很疲惫。正赶上暑期大学生开学,没有买到去北京方向的车票。我在甘肃庆阳的同学为我订了一张从西安到北京的车票。那是2006年,还没有网上购票,也没有高铁。我排了一小时的长队,排到售票窗口的时候,已经没有卧铺了。于是决定从昆明坐两个晚上的硬座火车,到达西安。

车厢里坐得满满的,我对面是两个回西安的大学生。挨着我的是一个中年男人,靠近过道的是一个四十多岁的女人。

火车缓缓启动的时候,那个女人的老公,在外面向她招手。那个男人高个子,相貌很端正。女人好像并不想看他,她抱着一个书包,目光看着脚下,像是有心事。我用手碰碰她,让她看窗外。那个男人很关切地看着她,但不像是留恋。女人仍然低着头,直到火车缓缓开动。

夜渐渐深了,我趴在小桌子上想睡觉,想在睡梦中度过这难熬的漫漫长夜。可是身边这个西安中年男人和坐在对面的昆明大学生激烈争论起来,两个人互相诋毁对方的城市建设和饮食文化。那个昆明的孩子眼睛瞪得溜圆,而中年男人也不顾自己能作为长辈的年龄。两个人脸贴得很近,无聊地争论着。

我的睡意一扫而光,我恨自己力量不够大。我想象着,我若是力大无比的泰山,就揪着这两个人的脑袋,把他们撞晕过去。

第二天午饭的时候,中年人有些坐不住了,他走来走去,搅得大家不得安宁。"连只烧鸡都没有!怎么喝酒!"他抱怨道。

车上的餐车来了,大家都帮他找,也没有他要找的能下酒的食物。

"我每次从家里出来的时候,我老婆都给我带上烧鸡……"

"你老婆在哪儿?"我问他。

"在西安。"他像是等着别人问起他的老婆。

"你回去看她?"

"想给她一个惊喜,她不知道我回来。"他很高兴的样子。

中年男人拿出手机,让我看他三岁儿子和年轻老婆的照片。老婆确实很年轻,看样子不到三十岁。

他说,我儿子说我长得像范伟,电视上范伟出来,我儿子就叫爸爸。

我们几个人,虽然都觉得他并不像范伟,可是从这以后,都叫他"范伟"了。

"范伟"没有烧鸡,喝啤酒也不香。这时我发现,坐在斜对面的一个男人,拿出一只烧鸡,低着头慢慢地吃。我指给"范伟"

看。"范伟"看得眼睛都直了。他故意做出咽口水的样子,眉毛也跟着上下飞舞。他的滑稽样儿,逗得我们全笑了。中年女人这时也开心了。"范伟"对着那男人挑衅地喊:"不喝酒,你吃什么烧鸡?"

那个吃烧鸡的男人一定也听见了,装作听不见,头低得更深。

我看着"范伟"那没出息的样子,便冲着那男人大声喊:"喂!他想吃烧鸡!他有啤酒,没……"男人仍然不理。

"范伟"像是生气了。买了啤酒,不喝。火车每到一站,他都下车去看看有没有吃的,可总是失望地回来。就是到了成都,也只带回几个素包子。

我让大学生打开车窗等着。"范伟"下车找食物的时候,如果火车开了他还不回来,就把他的背包扔下去。

火车快到西安的时候,我才发现我装化妆品的那个包丢了。"范伟"指着我说:"……虽然你化妆品丢了,你也不能这样,脸上什么也不抹,进我们西安城。"

分手前大家留了电话,后来每次同"范伟"通电话,我都嘱咐他外出要带上烧鸡。好多年过去了,不知道"范伟"是不是每次都能给老婆带来惊喜。不知道那个大姐夫妇是否团聚了。再后来我手机换号,也就失去了与他们的联系。

不知道他们现在都怎么样了。我的旅伴们,你们还好吗?

候车室

乘坐的火车要晚点一小时,这一次旅行,书包里忘了放进一本书了。这一个小时,真不知道怎么消磨。

身旁来了两个女人,都是五十多岁的样子,听说话口音是天津人,一个是旅客,一个是送行的。从他们的谈话中听出,她们年轻时是知青,一个回了天津,一个留在了本地。

我仔细看了看两个人,发现她们穿着差异很大。一个是烫发,戴着金耳环、金项链、翡翠镯子,穿着绿花上衣、白裤子,嘴上涂着暗红的口红;另外一个却很朴素,蓝色的T恤衫,黑色的布鞋,一点儿没加修饰的短发。这两个人,从外形上看没有一点儿共同的地方,却是亲密的朋友。两个人头凑到一起,说上几句,然后捂着嘴对着笑。

我真好奇她们在说什么,于是身体离她们近了一点儿。烫发的女人说:"你问我为什么不管男人,让他随便闹。我是死过一次的人了,什么都看开了。1976年地震的那天晚上,我和大姐、二姐,还有二姐的同学,在一张大床上睡。地震的时候,大姐爬起来趴到我身上,喊二姐快跑。可我二姐没听见……我在废墟里嗓子喊破了,埋了十几个小时,被来救女儿的二姐同学的爸爸扒了出来,四个女孩只救活了我一个。二姐的同学也死了,她家里的几口人安然无恙,她那天晚上如果不到我们家来,而是在自己家里,也不会死。

"我奶奶是被震动的气流从窗户甩出去的。弟弟那年三岁，埋在废墟里，听见奶奶的呼喊，弟弟说：'奶奶我渴。'奶奶想救孙子，却搬不动水泥石块。等到解放军从废墟中找到弟弟，他早已断了气。奶奶抱着断了气的孙子三天没睡觉，她不让人掩埋孙子，她说孙子没死，还会说话呢。"

短发的女人感叹着："啧啧，你经历过这么大的事，怪不得看得开。"烫发的女人说起这些并不难过，脸上带着微笑，像是说着很平常的事。

烫发女人又说："现在的年轻人就是看不开。我们单位有一位女同事，长得非常漂亮，就是爱财，脾气也不好。大家都管她叫'把家虎'。她老公是一个医院的副院长，一表人才。她爱老公，可是对老公的家人不好，平时找她老公办事的人送给她老公的东西，放烂了也不让送给婆婆；过年时老公要给家里一点儿钱，她只允许给两百。老公生气，又偷偷地给了老母亲两千。"

短发的女人说："你看她多傻，自己找腻味嘛，这么挤兑老公。她老公有钱，不给她婆婆，他也给外面的女人。钱给了婆婆，遇到事情，婆婆还能帮着说话。"

烫发的女人说："后来她老公真的有了别的女人，她又办了一件傻事儿，到老公的单位大吵大闹，她以为老公会为了女儿不和她离婚。结果她老公觉得很没有面子，破釜沉舟地同她闹离婚；婆婆家也说她不好，支持他们离婚。"

"男的离婚后便和那女人结了婚，现在儿子都三岁了。"

"靠孩子是拴不住老公的，人家和你离了还可以再生孩子。哪个女人不会生孩子，不会睡觉？要想拴住老公的心就对他好，对他家里人好。"我听着两个人的对话，觉得还真有道理。还想接着听下去，只见烫发女人突然站起来："哎呀，妈呀，火车进站

了!"说完她拎着包就跑,送站的短发女人也跟在后面跑。

我看着她们的背影,笑她们聊得太投入。我拿出自己的火车票,看了一眼,也吓了一跳。原来我等的火车,也进站了。

大榕树下

毕业三十年同学聚会,诗蓝去了。在同学中她看见了胡东。他的变化不大,黑漆漆的眼睛,眼角向上吊,额头上那道疤痕也还在。

吃饭的时候,诗蓝和胡东碰巧坐在了一起。胡东端起酒杯说:"我叫胡东。"从他的眼神看,他已经认不出诗蓝了。诗蓝没有说出自己的名字,也端起酒杯说:"我知道你,你是校篮球队的。你和白萍当年名声大振……"诗蓝尽量遮掩着自己的嫉妒。

胡东的脸上掠过一绺红晕。"是,那时整个学校、整个县城没有不知道我的。"说话时他已经恢复了常态。

那是二十世纪八十年代初,他们上初中一年级。他们的小县城很闭塞,学校的男女同学都是不说话的。

白萍是从大城市转学来的,她来到这个小县城后的第二周,就坐在胡东的自行车后面,像是一对小恋人了。

这件事情,在那个封闭的学校里炸开了。校长在学校的大会上说了这件事。虽然没有点名,大家也知道说的是谁。

白萍和胡东的事,虽然与诗蓝没有关系,可是听了校长的话,她的脸却红了。她暗中喜欢着胡东。胡东的教室挨着水房。诗

蓝总是装着去打水,经过胡东的班时,偷偷往窗里看,看胡东和同学聊天的样子。

诗蓝和白萍是同学,还是邻居。她们的院子门口有一棵大榕树。

那棵树高大、茂密,树冠呈圆形。远远望去,它像是一把绿色巨伞。榕树花开的时候,碧绿的叶子,火红的花朵,散发着扑鼻的香味。

上学前,诗蓝和白萍谁起得早,都会在榕树下等另一个人。诗蓝留着长发,白萍是齐耳短发。

这一天,两个人在放学的路上,远远看见胡东,他在她们院子外的大榕树下支了自行车,人站在一边,歪着头若无其事的样子。诗蓝的心怦怦跳,她的眼睛不敢看胡东。白萍侧过脸来,冲着胡东微笑。走出几步了,白萍还是回头微笑。白萍对诗蓝说:"他看咱们两个呢。"诗蓝的心里还打着鼓点,嘴上却说:"爱看看呗,看在眼里拔不出来。"

第二天两个人放学再经过这个大榕树下,胡东仍然支着自行车,站在那里。白萍突然停了下来。她笑吟吟地来到男孩跟前,轻声问道:"你是在等我吗?"

这一天白萍转到这个学校仅仅两周。

从这以后,胡东每天都在榕树下等她们。诗蓝在大榕树的斑驳树影里走进院子,白萍坐在胡东的自行车后面,一会儿就看不见影子了。

后来,胡东的父亲调动工作,胡东要转学了。白萍送他,诗蓝故作轻松地在教室里看书,看了几页书,她再也耐不住了。她飞快地跑到六楼的平台上,望着胡东远去的影子,觉得自己的心在烈日下一片片地碎了。

诗蓝现在和胡东坐在一起,她看见他额头有一道凹陷下去的伤痕,像被小兽轻轻咬过的齿痕。听白萍说,那是胡东为了白萍和男同学打架,让人抠的。

诗蓝和胡东聊了学校里的同学、老师,最终的话题还是白萍。诗蓝问:"你回来联系过白萍吗?"

"没有,不想联系了。"胡东的话让诗蓝有些诧异。

聚会就要结束了,诗蓝站起来告别。胡东的面色凝重,像是有什么话要说。诗蓝等了等。胡东说:"三十年了,当年情窦初开,我喜欢上一个女孩。"

诗蓝替胡东补充一句:"白萍,这还用说吗?"

"不是,我喜欢的是那个和白萍住在一起的长发女孩。她家也住在大榕树下。"胡东的声音有些颤抖。

爱情花

鲜花店的门被推开。正在弯腰打理花束的惠茜,抬起头看到一个帅气的青年走进来。惠茜的心嘭地猛跳了一下。惠茜想:这种感觉真是好奇怪。

这个年轻人买花和一般男人不一样,他站在花树前,挑选花很精心。

惠茜的朋友蔚婷打来电话,说要给她介绍男朋友。惠茜问:"他有北京户口吗?你知道我没有户口……""户口其实不那么重要,关键是人要好。"蔚婷在电话那头说。"我正忙着呢,有时

间再聊吧。"惠茜在北京工作三年了,还是感觉自己是个外地人,觉得自己像一直在漂。她想找一个有北京户口的男朋友,有了户口心里才踏实。

惠茜放下手机。刚才她的电话,男青年大概听见了。她有点儿不好意思地看看这个男青年。男青年笑笑,拿着花束走了。从这以后,男青年每天都来,每次来都会询问她一些花卉的知识。

惠茜也会在价格上给他一些优惠。他有时打电话来预约,惠茜就把最好、最美的那束花留给他。渐渐地他们熟悉了。惠茜知道了,男青年叫俊驰。惠茜想,这个男青年一定是在追女朋友,这样精心挑选花儿的青年实在不多。这么想着,惠茜心里就有些酸酸的。

北京连续几天都是雾霾天气。到了晚上,雾霾更是严重。已是晚上九点多,街上的店铺都打了烊,惠茜还没有关门。她向窗外望着,像是等什么人。门被推开,俊驰走了进来。

"你怎么这么晚了才来?"惠茜见俊驰进店,脸上有掩饰不住的兴奋,嘴里却埋怨着。

"雾霾太大,堵车了,来晚了。不好意思啊。"俊驰像以前一样挑了花,然后付钱。两个人聊了起来。话题都是惠茜感兴趣的。不知不觉夜已经深了。

俊驰说:"时间不早了,该打烊了。我送送你吧。""不用,门外就是公交车站。"俊驰捧着花离开了。惠茜看着俊驰的背影,觉得有些后悔。"他的女朋友真幸福啊。"惠茜心里想。

周末,惠茜去蔚婷家,看见蔚婷客厅里插着鲜花。惠茜仔细看看,发现是昨天被俊驰买走的那一束花。昨天惠茜特意在俊驰的花里加了九支叶子的。

惠茜问蔚婷:"你有男朋友了?""有了。"蔚婷的脸上是幸福的光彩。惠茜的心沉了下去。虽然她想到骏驰买花可能是给女朋友,可还是不愿意接受这个现实。俊驰的女朋友竟然是自己最好的朋友。

惠茜正在愣神,忽然听见蔚婷说:"你也应该有个男朋友,不要太注重那些外在条件了。"

"我要有骏驰那样的男朋友,也会这么说。"惠茜心里想。

七夕这一天,惠茜早早地起来。蔚婷说,今天几个朋友要去江边玩,还说有个朋友要在她的店里预定999朵玫瑰送给女朋友。买玫瑰的人把玫瑰装上车,惠茜就同蔚婷的几个朋友坐车去江边。惠茜看见了骏驰。骏驰走到惠茜身边。惠茜问:"你怎么不和你女朋友在一起?""我没有女朋友。""蔚婷不是你女朋友?"惠茜吃惊地问。"不是,蔚婷的男朋友在那儿。"骏驰笑着指给惠茜看。

惠茜看见在他们身后,蔚婷同一个男青年走在一起。

天渐渐黑下来。几个人走到码头,蔚婷提议大家去游船上玩。蔚婷和她的男朋友手挽手登上了船。惠茜和骏驰等几个朋友也跟着上了船。游船渐渐向江心驶去,被布置得温馨浪漫的甲板上,很多情侣和游人在听现场歌手演唱。

在一个心形的玫瑰花盘里,摆放着999朵玫瑰。骏驰拉着惠茜的手说:"走,过去看看。"惠茜看到玫瑰的中间有一张卡,惠茜惊呆了。卡片上面写着"送给惠茜",署名是骏驰。

蔚婷走过来说:"骏驰喜欢你,让我给他介绍。我怕你嫌他没有北京户口,就让骏驰去你的店里买花,让你们慢慢认识……"

"我以为他是你的男朋友。我看见你家里的花是骏驰买的。"惠茜说。

"我早就有男朋友了。那天的花,是我男朋友没时间,让骏

驰买的。"蔚婷挽着身旁男孩的手臂说。

骏驰转过头,看看惠茜。惠茜的脸上红红的,像是开出了一朵爱情花。

欺 骗

女人心里有一个疙瘩就是解不开。几个月前,她与朋友外出旅行,晚上想给老公报个平安,可是就是联系不上。他手机关机,家里电话没人接。

她给认识老公的所有人打电话,都说不知道他去哪儿了。领导说他没请假,公司也有事找他呢。女人两天基本没有合眼,更没有心思看风景。她不停地打电话,她恨死电话那边那个女人冷冷的声音了:"您拨打的电话已关机。"直到两天以后,老公的电话终于开机了。他失踪两天的理由并不能让女人信服。

他说他去了省城,遇到大雨,就找了个旅馆住下了。正好那时手机没电,他不是有意关机的。女人对这个理由将信将疑,他们住的城市离省城一个小时车程。他经常去省城,从来没有住下过。那天的雨也不是整夜下的,一夜不归让她很怀疑。最让她不踏实的是,他的大学女友就在省城,那一晚上是不是和她在一起呢?

老公是一个企业的部门经理,年轻有为,精力充沛。女人承包下所有的家务,只要老公感情专注,她什么都愿意做。可是这次她发现老公对她情感上有了一个破洞,她想知道这个洞到底有多深。

她不停地问老公:"那一天晚上你到底去哪儿了?"

"住在旅馆里。"

"为什么不回来?"

"雨太大,夜路不好走。"

"以前再晚你也会回来的。"

"你不在家,我一个人回来也没意思。"

原因是她不在家,她不在他就可以自由了,做自己想做的事情了。那他究竟做了什么事情呢,女人心里的疙瘩时紧时松,这件事情就是不能释怀。

她实在忍不住了,就要跟闺密唠叨一番,想从闺密那儿印证自己的想法。闺密像是很怜悯她的样子说:"哎,女人婚后还是睁一只眼闭一只眼的好。"

女人细细琢磨这句话,意思像是说:男人犯了错误,应该原谅他。女人的心更疼了,她不能想象老公背着她和别的女人好。他和别的女人亲密接触是什么样子的?是不是说对她说过的那些话?她越往细节处想,越是心疼。

她偷偷地观察老公,他有上QQ的习惯。她想看他的聊天记录,可是每次他离开电脑,都关掉QQ,不留下一点痕迹。她心里很烦,他的秘密可能就在QQ里。

女人趁老公洗澡的时候翻看他的手机,里面的短信清除得很干净。手机里也没有那个女同学的名字,一定是他写了个什么名字,遮掩她真实的名字。她听说过有的男人把情人的名字换成是领导的,情人约他出去,就骗老婆说是领导有事情。

她曾经看过他大学的日记,里面那些记录他与她感情的话,让她想起来就恨,可惜那个笔记本让她撕了,不然可以拿出来,当

成质问他的罪证。这么深的感情怎么可能不联系了？

女人向老公的同学打听他的那个大学女友，原来她两年前就离婚了。

女人愤怒了，他在那个城市两天联系不上，可能就是他约会去了。那个雨夜，在暴雨的掩护下，他们都做了什么。她一遍又一遍地想。她开始失眠、烦躁，她求男人说出那一晚上的事。男人这次也愤怒了，不再解释了。他把桌上的一个杯子砸在地上，大喊大叫："什么也没做，我能做什么？"

女人的愤恨更加被激起来了，他如果心里没鬼，干吗要吼要砸东西呢？女人跑进储藏室拿出一瓶灭鼠药，满脸泪痕地说："你就不能对我说实话吗？你为什么就不能承认呢？"男人被女人的"壮举"吓愣了，平时的英俊帅气一点儿也没有了。他举着双臂，颤颤巍巍地说："老婆你千万别喝，我承认，我承认，我错了……"

女人听罢，停止了哭泣，把瓶子扔到一边，老公急忙去捡。女人冷冷地说："那根本就不是毒药，想不到你终于说出实话了，终于说出实话了……"

女人说完转身进了卧室，再也没有了动静，男人呆呆地坐在沙发上，不久昏昏沉沉地睡去。直到第二天早上，他仍然不见女人出来。他敲打卧室门，里面插上了。他喊女人，也没有动静，于是用力撞开门。女人穿着结婚时的那件旗袍，平躺在床上。床头柜上一瓶空的安眠药瓶底下，压了一个字条："你终于说出了实话，你为什么要说出实话呢？"

男人跌跌撞撞地把女人抱起，一边往外跑，嘴里一边喊着："老婆，那不是实话，是你逼我说的，我那是骗你的啊！"

转　让

　　玉凤小吃店的窗户在阳光下闪烁出耀眼的金光。

　　玉凤进店后不久,就进来一个女人。她个子不高,身材玲珑有致,一双细眼上下打量着玉凤。

　　玉凤小吃店今天不营业了。玉凤在门口挂上"此店转让"的牌子。玉凤的小店生意很不错。小店既干净又不掺假,她不像有的店主,把变了质的剩菜掺在新菜里卖。许多顾客是奔着它的干净来的。因此玉凤小吃店在这一带很出名。

　　玉凤见来了客人,热情地打招呼:"今天不营业了,小店准备转让呢。"

　　"我就是看见你的转让招牌才进来的。"女人说话是南方口音。

　　"这里生意可不错了,都是老主顾。"玉凤见有人打听转让的事,心里很高兴。"八张桌子和厨房的炉灶都一起转让。"女人的目光看了看小店,又落回到玉凤身上,说:"这么好的店,转让多可惜。"玉凤说:"我对象回来了,要带着我去南方。对了,听你的口音是南方的,怎么要来这里开店?"

　　"我是替朋友问问。"说完女人又看了看玉凤,转身出去了,留下一股香气在屋子里盘旋。

　　又是一阵脚步声,是玉凤的对象振锁来了。

　　"忙着呢?"振锁说,声音似乎有点儿心不在焉。

再过一个星期,他们就要结婚了,振锁在外打工已经六年了,听说干得不错,现在是一个小老板。这六年他们只见过几面,也很少打电话。结婚后玉凤就要跟着振锁一起去南方,玉凤的心里充满对未来生活的期盼。

玉凤搬了一把椅子给振锁,两人面对面地坐下,中间隔张饭桌。六年中两个人都有了些改变,似乎有一层生疏感,像是有了一条鸿沟。

玉凤隔着这条鸿沟,望着对面的振锁。

振锁在玉凤面前像是有点拘谨。"时间过得真快啊。"振锁沉默了一会儿,就说出这句话。

"可不是,真快。"玉凤思忖:出去六年了,还是那个实在样子。

"刚才还来过一个女的,口音像是南方人。打听转让的事。"

"是吗?能转就尽快转出去吧。"振锁显得更加拘谨。

振锁回去了。玉凤心里在想:村里人劝我不要等振锁了,我可不听。我从来没有想过另嫁别人。晚上玉凤呆坐在一棵树下,那是一棵铺天盖地的大树。皎洁的月光从树枝间照射下来,她在那坐了一会儿。正要起身,忽听到脚步声和低声细语,于是又待着没动。

一个声音打破了寂寞:"不是说好了吗?你等着我,我很快就会回去找你的。你偏要这么急着赶来。"是振锁的声音。玉凤的心里一揪。

"你就要和别人结婚了,我能等吗?"一个外地女人的声音,玉凤听出是那个来看店的南方女人的声音。

"听她说有一个外地女人来看店,我就觉得是你。"

"我就是想看看她是什么样子的。"

"她等了我六年……"振锁说,"虽然是回来结婚,我的心里还是想着你的。"

"你带她回去,我怎么办?"陌生的女人说。

"我希望你,还是另找一个。"振锁的声音有点发颤。

"我这一辈子就跟着你了。"女人继续说。

"你先回去,咱们的事,以后再说。"说着两个人向远处走去。

玉凤一个人呆坐着,这一切来得这么突然。

原来振锁在外面有了女人,村里许多成了家的男人,在外面都有了女人。家里的女人知道后,只是吵吵闹闹,并没有离婚。可是玉凤却不愿过那样的日子。

紫红色朝霞里,掺杂着几抹玫瑰色的光辉。田野里,土是新翻耕过的。一大早村民们在栽种嫩苗。玉凤来到小吃店,她摘掉了挂在门口的转让的牌子。她自言自语:"我的小店不能就这样关张了,我的生活要重新开始。"

收　　信

候车室里,她的身旁是一位四十多岁的男人。那个男人冲她笑笑说:"你去哪里?"她看看那个男人,朴实忠厚的样子。她从包里掏出火车票,放在他眼前。他看了看说:"和我同一趟车。真没办法。这趟车晚点两个小时。"

她出来得急,包里没有放本书。这两个小时很难熬。身旁的这个男人,像是很想攀谈的样子。"我给你讲个故事,你想听

吗?"那个男人说。"想听,什么故事?"她正愁没事干,有个人讲故事,可以打发时间。

他说:"我这个故事可曲折了,都能写成小说了。"

他开始讲故事:"一个男人到中年还没有结婚,热心的老邻居给他介绍的对象都嫌他收入低,又没有像样的房子,没有哪个女人愿意留下的。

"这一天,他买菜回来,发现找回来的二十元纸币上,用黑色笔重重地写着两行字:'妈妈我错了,对不起! 青海省化隆监狱刘威。'

"这几个字,触动了他的心。六年前,他觉得父母对弟弟偏心,离家出走。这些年,一直没和家里联系。

"他不知道,这张纸币上的字是什么时候写的,为什么有监狱的地址。出于好奇,也是一个人无聊,他给这个地址写了一封短信:'我们有相同的经历,六年前……'

"没想到信寄出后,他很快收到了一封来自监狱的回信,署名是刘威。刘威在信里说:'我自己是一个重刑犯,犯了不可饶恕的罪行,伤了父母的心。我给他们写信,都退回来了。我希望您能帮我把这封信,寄给我父母。'后面附了一封信。还有详细的通信地址。

"他把信看了三遍,眼里就有眼泪了。他呆坐了一会儿,决定帮帮这个人。他找了个信封,把刘威的信装进去,转寄给刘威的父母。他又给刘威回了一封信,告诉他信已转寄,让他好好改造,争取减刑。

"但是,过了没几天,寄给刘威父母的信被退了回来。他没有把退信的事告诉刘威。他把给刘威父母的信,又邮寄了出去。十天后,再次寄出的信又被退了回来。

"他有些着急,要去看看刘威的父母。按照信上的地址,他找到了刘威的家。

"这是一个冷冷清清的家,连一张吃饭的桌子都没有。一个苗条清秀的女孩是刘威的妹妹刘梅,村里人说,因为给刘威还债,刘梅快结婚的男朋友也走了。

"刘梅冷冷地说:'你就是给他转信件的人?我是不会理他的。'

"他说:'可你哥哥已经真心悔改了啊。'

"'你为什么要帮他?'刘威妹妹瞪着眼说。

"'我是觉得,咱们要给他一个重新做人的机会。'

"'他这样的人,在监狱里最好别出来!'

"他正在想,这么秀气的女孩,怎么说话这么狠,回过头却看见刘梅大颗大颗的眼泪从脸上滚下来。刘梅看见他在看自己,连忙一边抹泪,一边捧出了两个相框,放在他面前:'我的父母都被他气死了。'

"刘梅站起来:'你要是没有别的事,就回去吧!'

"他说:'妹妹你别难过。'他拿出一封信,说:'这些信都是你哥写给你的。'

"刘梅摆着手:'拿走,我不看。'

"他撕开信,说:'我读给你听。'说着,大声读了起来:'爸爸、妈妈:……'

"刘梅伸手想要阻止,他闪身躲开,嘴里读个不停。刘威妹妹赌气道:'好,你愿意读就读吧,我不会听的。'

"他一封接一封地读信,再抬头,发现刘梅的眼窝红了。

"'他真的能减刑?'刘威妹妹不相信地问。

"他说:'那当然,要是他表现好的话,再过两三年,他就能出

狱了。'

"他回到家后不久,就接到刘威的一封信。刘威说他妹妹去监狱看他了!他看完信,想到自己也是离家多年。因为弟弟结婚,住了父母的房,他赌气离家。他想念多年不见的父母了。他收拾行李,买了张车票,回到老家。父母已经老了很多。母亲拉着他的手:'儿子,你可回来了。你看你弟弟已经贷款买房子,这套房子留给你住。'他眼泪哗地流了下来,他给母亲跪下:'对不起,儿子再也不走了。'

"这时他的电话响了,是刘威。刘威说:'大哥,我今天出狱了,我妹妹想和我一起去看您。她愿意在您的城市住下来……'"

"这个故事挺有意思,是真的吗?"她好奇地问。

"是真的,你还不信?这就是我自己的故事。"他笑着说。

出　走

庆有绕过几个草垛,看见了一排青砖瓦房,那就是他的家了。他背着大包袱出现在家门口的时候,庆有媳妇高兴地喊了出来:"哎呀!妈呀!立春爸爸,你可回来了。"

庆有在城里的装饰公司里当木工头。四年前,媳妇生下第三个闺女。庆有用手掂量了两下说:"还不到两块砖重。"说完他把孩子扔给媳妇,扛着行李又外出打工了。

庆有这次回来,看着媳妇腰更粗了,脸上的雀斑也比以前多了。再看看家里厕所连着猪圈,饭桌、菜板、刀全脏乎乎,心想:

"家里的婆娘真是邋遢。"

庆有媳妇生过三个孩子,立春六岁,腊月四岁。中间的一个也是一个闺女,孩子刚刚生下来,庆有就横着膀子吆三喝四地骂人。没过几天,中间的孩子就找人抱走了,庆有说,是在城里一块儿做木工活儿的好人家,是自己的手下,孩子不会遭罪。自从抱走后,庆有媳妇再也没有见过那孩子。

庆有这次回来显得很高兴,一直待在家里。每天都有人到家里叫他出去打牌,庆有说:"不去。我要陪着老婆孩子。"

外出这些年,他最想吃媳妇做的红芋馍。他媳妇说:"做红芋馍是我娘教我的,我做红芋馍最拿手。"媳妇将山芋粉、水和面,再加点碱放一起揉。锅里的水开了,媳妇把团面拍成的饼,贴在热锅上,不一会儿,一锅香喷喷带着点焦的红芋馍,就端上了锅。

庆有吃得很高兴。吃过饭,庆有从带回来的包的最里面,拿出一个小瓶,在媳妇眼前一晃:"立春娘,你看这是什么?"庆有媳妇正收拾着碗筷,晃着头说:"不知道,那是啥水?"

"这是城里女人都喜欢的香水。"

"你脑子是不是有毛病?花钱买这玩意儿,不当吃不当喝的,还不如买点儿农药嘞。"

"地里的小麦扬花了,趁着没下雨,赶紧打点儿药。"媳妇的嗓门喊得很高。

庆有气得脸通红:"你这娘儿们,真不识抬举。你不要,有人要。"庆有把香水又装回包里。媳妇气嘟嘟地走开了。

到了夜里,立春和腊月都睡了。庆有挨着媳妇,忘记了白天不高兴的事,轻声细语地和媳妇说话。媳妇突然说,外面刮风了,你把鸡窝门关严了吗?别来野猫把鸡给拉了去,都是草鸡,开春

就能下蛋了。庆有的兴致一下子没有了。他掉过脸去躺在炕上点火抽烟。媳妇说："怎么了？累了？"庆有笑了，笑声有点儿冷。男人背着脸说："我要和你离婚。"媳妇也笑了，在后面拿手捅捅庆有，说："喂，当家的，为啥？你说，你掉过脸来告诉我。"庆有回过身来说："你生不出儿子。"媳妇说："俩闺女，水灵着呢，不好吗？要是老二也在，就三个。将来长成大板儿闺女了，都给你买酒喝，喝都喝不完。"庆有说："你不浪漫。"媳妇又笑了，有些不好意思，多亏屋子里没点灯，要不白嫂子的脸一准通红。她问："还咋浪……漫？"庆有说："你真是不懂。"媳妇不说话了。过了一会儿，庆有说："实话和你说吧，我和别人好上了，在一起了。那女人怀上我的孩子了，医院给看了，说是个儿子。我本想回来同你好好过日子，等她生了儿子给你带着。看来咱俩过不到一起。你同意吧。家里的钱全都给你。俩孩子也归你，将来供念书的钱我出。"媳妇没搭话。屋子里更黑了，外面的风更大了。又过了一会儿，庆有说："你答应吧。我都想好了。"媳妇说："随你。"

第二天一大早，男人到城里去了。走时没回头。

炒土豆丝

曼文的心里烦闷着，她对老公文烨说："公司里有一个提升的机会，按业绩本应该是我的，可是听上面领导的意思，还有其他人选。我是不是应该争取一下？"

文烨一边翻着书，一边漫不经心地说："女人那么辛苦干吗？

你的收入比我都多,别争了。"

曼文狠狠地站起来:"你要是上进了,还用我这么辛苦吗?"她拿起手机愤愤地摔门而出。

曼文手里的手机突然有短信的声音,曼文才发现是自己拿错了手机,她把老公文烨的手机拿出来了。

短信的内容让曼文惊呆了。短信是一个叫新柔的女人发来的:"干吗呢?烨,想你……"

曼文的头轰的一声响。她这些年只知道挣钱提职,竟没注意到身边的老公心已经不在了。她蹲在小区的花园里,大哭了一场以后,思前想后,她决定不把事情说破。

几天以后,曼文给那个手机发了一条短信:我是文烨的妻子,如果可能的话,我们谈谈。

曼文和新柔在一家咖啡馆见面。新柔准时来了。她个子不高,圆圆的脸上还有几个雀斑,长得算不上漂亮却很清秀,脸上挂着淡淡的笑。

"关于你和我的丈夫……"曼文说。

新柔说了声:"对不起。我们是公司同事。"

原来,新柔和文烨在一个朋友家吃饭,朋友家做了好多菜,朋友们都说有点油腻。正好桌上的菜也吃得差不多了,新柔就自告奋勇,做了一盘炒土豆丝。大家都觉得这炒土豆丝太好吃了。后来大家吵着要到新柔家吃饭。文烨也去了。

"那天我的电脑坏了,文烨真棒,三下两下就修好了!"新柔兴奋地赞赏着。曼文家里什么东西坏了,文烨都能修复。可曼文却总觉得这些都是他应该做的,从没想过要为此称赞他。

"我没你漂亮,也没你能干,我只是小女人。"

曼文突然明白,像新柔这样和风细雨、体贴入微的女人,才是

文烨想要的。

文烨发现了曼文的异样，以为曼文又在为升职的事烦心，便体贴地安慰说："工作中总会有不如意的事情，慢慢来就会好的，不要太累着自己了。"不知为什么，这一次，听文烨那么温柔地讲话，曼文心里一阵疼痛。

几天后，曼文打电话给新柔，提出想去她家看看。新柔很爽快地答应了。

新柔的家不大，却布置得干净整洁。

新柔留曼文吃饭，给她做了炒土豆丝。曼文想起已经好久没有给文烨做饭了。

新柔说："炒土豆丝是要焯水的，缩短烹调时间，用急火快炒。再加些醋，不仅会增加菜品口感，还会提高蛋白质、钙和维生素 C 等营养素的吸收率。"

从新柔家回去后，曼文给文烨留了一封信。曼文在信中没有责问他的外遇，只是说："输给了一个女人，输得心服口服。文烨，我想冷静一段时间。我同意离婚，我是应该放手的……"

曼文决定放弃这次竞争职位的机会。她关上手机买了去扬州的火车票。那是他们恋爱的时候曾经去过的地方。

离开文烨这些天，曼文终于发现，原来自己是这么爱他。曼文后悔没有好好经营他们的婚姻。

几天后，曼文打开手机，第一个打进电话的是新柔。新柔着急地说："文烨一直在找你，都报警了！他总是在自责，说对不起你。我明白了，他最爱的是你……"

新柔的声音哽咽了："我准备去深圳，那里有更适合我的工作。"

当晚，曼文就回了家。

曼文和文烨的生活又归于平静。曼文知道,自己没办法像新柔一样,轻言轻语、体贴入微。可是,她会尽量做一个好妻子。

牵　手

租出去的房子,要重新装修,然后自己住。这是婧琪的主意。老公不愿意搬过去住,不同意装修,也就不管装修的事。

婧琪站在旧房子里,头上、脸上、睫毛上都是土。她把酸疼的腰靠在墙上。突然,她看着废墟一样的房子,脸上情不自禁地涌出了甜蜜的笑。

婧琪知道,装修要靠她自己了。可是心里却有股甜甜的东西往上涌。她转身望着窗外那一片绿地和远处的凉亭,眼里闪烁出两汪幸福的光泽。

那次系统年会聚餐,挨着她坐的是一位戴眼镜的中年男人。他谈笑风生,像是和一桌的人都熟悉。他频频站起来敬酒,一会儿工夫就干了几杯。婧琪对他很有好感,他端着杯子去其他桌子敬酒的时候,婧琪心里还有些失落。

男人很快就回来了,手里的酒杯已经空了。他同婧琪喝酒的时候,不会喝酒的婧琪竟然拿起酒杯一饮而尽。

两个人坐得很近,无意间婧琪的腿碰到了那个男人的腿。她犹豫了一下,没有离开。两个人的腿就这样挨在一起。她能感到那个人的温度,她并没有注意那个人说的是什么,婧琪记住了他说起话时低沉的声调。一双眼睛里闪着幽默又沉稳的光芒。

婧琪也微笑着与同桌的人说话,眼角的视线却没有离开他。

一道红晕掠过婧琪的脸庞。一双手突然抓住了婧琪的手,一双厚实有力的手,邻座的这个男人的。婧琪犹豫了一下,没有躲闪,也握住了他的手。两只手在桌子底下,手指交织在一起。

婧琪找了一高一矮两个干零活的工人,他们在屋子里转了一圈。婧琪跟在他们后面,心急地问:"师傅,把旧地板拆了,旧家具搬到楼下,需要多少钱?我们这是旧房……"高个子的工人蹲在地板上,点上一根烟,说:"你这活儿可是不少,现在都4点多了,这些活儿我们两个要干到半夜。"

高个子工人脱下外套,系在腰间,一出溜就坐在地上,像是这个活儿非他干不可。他使劲吸了一口烟,说:"我们不向你多要。地板拆下来,还要从4楼搬下去。旧家具也搬下去。不多要,你给两千。"

"什么?这地板松松垮垮的一撬就起来,搬下去。还要两千?!搬家公司来一车才四百。我这些东西也装不满一车。"

"搬家公司也不干你这拆地板的活儿。"高个子工人站起来又蹲下。

婧琪着急了,觉得嗓子干得厉害,说话的声音像是要发不出来了。

高个子再一次站起来,拔腿往外走。靠着墙的矮个子似乎想再商量一下价钱,看着高个子那样,也跟着走了出去。

天已经快黑了,今天要找人把旧地板清理出去,因为装新地板的明天就来了。婧琪着急,她转过身来,似乎又感觉到那双紧握的手。眼睛里又有了亮光。

她突然想起,这些旧家具旧地板都是不要的,要是叫收废品的来,可能便宜些。

婧琪跟着两个收废品的人，一起搬旧地板，她的红色羽绒服上落满了土。头发被汗水黏成一绺绺的，她的眼睛却闪着喜悦，脸上的雀斑也像涂上的油彩。这个晚上，她摸到和看到的事物中，都有那个人的影子。

婧琪的朋友们发现，装修的这几个月，婧琪脸上像是盛开了百合花。

又是一次聚会，她在大厅里寻找，突然她看见了那个人。婧琪心里狂跳，他身旁的座位竟然没有人。婧琪走了过去，压下兴奋的心情，坐在他身旁。婧琪今天很漂亮，她的裙摆像云一样打开，新烫的头发，弯弯曲曲地在两旁跳跃。

他转过头来，冲她微笑。婧琪脸上颤动了一下，紧张得不知该说些什么。那人又转过头去，接着同另一侧的人说话。婧琪心里的甜蜜一层一层地升上来，她喜欢这种感觉，挨着他，她和上次一样，把腿靠近他。

这一次，他说开车来的，没有像上次一样敬酒。仍然是谈笑风生，他的目光落到她的脸上，她的脸顿时泛起一种光辉，把她全身照亮了。婧琪微笑着，她觉得今晚桌上的每一个人都很可爱。

他在和邻座谈论一个问题，似乎没有注意她。她用腿碰了碰他，他回过头来，礼貌地微笑着。婧琪希望他和上次一样抓住她的手，可是他没有。婧琪发现他的一只手放在腿上。婧琪想，是他故意把手放在这里。这一次，她应该主动一点。婧琪鼓足勇气，自己伸手抓住了他的手。

突然婧琪听到啊的一声。那个男人大叫着站了起来，桌上的茶杯也掉了下来。

婧琪烧过的心，全碎了……

冥　想

　　她舒服地把自己放在瑜伽垫上，一小时的瑜伽课让她的瑜伽服浸透了汗水。瑜伽房内流转着轻松的音乐。在教练的引导下，她很快进入冥想。

　　她又看见了那片湖水。那是她一个人的旅行。她去苏州前，在网上定了一间太湖边的旅馆。

　　她出了苏州火车站，坐了3个小时的公交车，然后站在另一个站牌前，寻找下一站应该坐哪一趟车。这时一个男人走过来，头发白白的一层。他转过脸来，她发现他不是老年人，不到四十岁的样子。

　　男人说："我也是去太湖的，刚才咱们两个是从同一辆车下来的，我坐在你后面，你这顶帽子很引人注意。"她这次出来心情很好，一身民族风打扮，黑底红花的民族风帽子很与众不同。

　　公交车来了，这是开往太湖的。等待上车的人很多。男人拿起她的大旅行箱，交给她一元硬币，说："你从前门上。"然后他拿着箱子从后门挤上了车。

　　两个人一起下了车，他说他是在上海做烤全羊生意的。他这次是来考察农家院的，他想来太湖边上开个农家院。她特意看了看他，很平静的一张脸，舒展的，藏不下歹意的脸。他说他还没有定下旅馆。她建议他也入住她的旅馆。她在她的微信闺密圈里，说她遇到一个旅伴，闺密们有的说小心遇到坏人，也有的说，说不定就是一次美好的艳遇。

太阳马上就要从太湖落下了。两个人沿着太湖边走着,红红的太阳在一寸一寸下来,一边是湖水,一边是山坡。她很庆幸自己遇到他。这里人很少,偶尔看见有女孩从公路那一段骑着车过来,应该是住在这里的游客。她拿出照相机让他给自己照相,这一路上都是她一个人,带出来的相机,还没有照过相。

在太湖的夕阳下,他给她一张又一张地照相。然后他拿出手机拍夕阳。她看见他拍的夕阳落在两个矮矮的树之间。她自己也学着拍了一张。

两个人进了一家农家院,其实里面是一个别墅。主人带他们进来参观,她坐在沙发上,等着他向老板询问合作的事。他突然中断跟老板的谈话,对着她说:"你这套衣服,和这个沙发真相配。我给你拍一张照片吧。"

两个人继续沿着太湖走,一路上是橘子林,她说:"你去摘几个橘子。"他跑下去,她拿着手机不停地给他拍。白白的头发,红红的橘子。很红的橘子不是很甜,他把他的一个给她:"这个甜,你尝尝。"

夜色已经深了,两个人回到宾馆。她有些落寞。他走到她的房间门口前,笑着说:"我看看你的房间叫什么。""呦,'奇葩'。"两个人都笑了。这种个性旅馆,给每个房间都写上有意思的名字,而不是房间号。

她还是很落寞,微信中,她的闺密问她有没有艳遇。她说没有,对方不信。她在寂寞中睡着了,她早上很早就离开了,没有见到他。

现在她又来到太湖,突然看到他在湖边。他正在同一个人说着:"那一天险些做了错事。我做生意的钱,被人借走了,觉得是

被骗了。我一无所有,遇到一个女人,看来她身上是带着钱的。我记住了她的房间号是'奇葩',晚上,我想敲开她的房间门,抢她的钱。就在我要行动的时候,生意伙伴说,欠我的钱马上就转到我的账上了。是那个朋友救了我,没有让我犯罪。"

她被瑜伽教练唤醒。她自己也没想到,自己竟然进入了深层冥想……

生日礼物

树才、许慧是一对小夫妻。他们结婚好几年了,还是住在出租房里。小两口儿商量着买一套商品房。城里的房价,实在太高了。许慧在郊区看上了一个小区。小区里自然环境优美,没有城里的嘈杂,非常幽静,尤其是在雨后,空气更加清新。夫妻两个决定,在这里买下人生第一套住房。

树才的父母是退休工人。听说儿子、媳妇要买房,他们把辛辛苦苦存了大半辈子的钱给了他们。许慧把夫妻两个这几年的存款拿出来,数了又数,最后还是不够。树才又向朋友借了5万,两人终于凑足了首付,办了20年的贷款,两个人也真正地做起了"房奴"。

他们的新房,有床、沙发、电视及一些厨房用具。其他的连件像样的家具都没有。

他们以前想,等住进新房后再慢慢添置家具、电器。可是算算,月供房款占了总收入的一半多。每月还有数不清的费用。除了还贷款,他们每月只剩下500元生活费。

周末许慧对正在做饭的树才说:"吃过饭咱俩看个电影。"买房前,他们经常去电影院的。现在许慧说的看电影,不是去电影院看电影,而是在网上看免费片子。

"好呀。咱们又省了两张电影票钱。"树才在厨房炒着菜,探出头来说。

吃饭的时候,树才说:"明天是你生日,咱们去街上转转,然后吃顿饭。"

以前许慧是个有名的购物狂,买房以后,她好久没买新衣服了,只是换季的时候,偶尔在网上淘淘,看见有心仪的衣服就放入购物车,可等到购物车里的东西都失效了,也没舍得买。

第二天许慧生日,两个人手挽着手在街上逛,他们走进一家服装店。许慧看上一条裙子,店主让她去试试。许慧从试衣间里出来,站在镜子前。她看见自己太漂亮了。树才也说:"真好看,买下吧。"许慧偷偷看了看衣服上的标签,那上面的标价是1200元。许慧赶紧把衣服交给店主,拉着树才就往外走。

走出服装店,树才搂着许慧的肩膀说:"老婆,等我们经济宽裕了,我一定给你买兰蔻、香奈儿……"

树才摸摸口袋说:"咱俩好长时间没一起出来吃饭了,上个月咱们剩了200块。今天是你生日,咱们一起好好吃一顿。"

许慧转过头,看看树才,笑着点点头。这时,树才的手机响了。树才对着手机说了几句,就挂了电话。他眼睛直愣愣地看着地面。许慧问:"怎么了?""朋友的电话,说让我今天中午喝喜酒。"

"那就去吧,我以为是什么事。"许慧说。"可是今天是你的生日。而且……喝喜酒要有份子钱。""你口袋里不是有200块

钱吗？""我是想用这个钱，和你吃顿饭，给你过生日。""没关系，生日可以不过。""那可不行，不能太委屈你了。"树才很执拗的样子。许慧背着手，踮着脚尖转了一圈，突然说："我有一个好主意，咱们一起去吃喜酒，就算是给我过生日了。把这个喜宴当成生日宴吧。"

于是两个人，手挽手地去了朋友的喜宴，两个人亲密地坐在一起。树才端起酒杯，微笑着在许慧耳边说："老婆，祝你生日快乐！"

早　点

郑健每天回家路过桥洞，都看见一个人。那人裹着被子，一动不动地平躺着。他以为这个人已经冻死了。今天郑健又看见那个人，他换了侧卧姿势。郑健长出了一口气，这个人还活着。

郑健来到自己租住的小房前，他们的房子很小，仅仅能装下两张单人床和一张小桌子。郑健用钥匙开门，半天打不开。房子里没有暖气，门和门框都是金属的，看来门是冻上了。郑健用力，还是打不开门。

他的同伴瑞霖是一家广告公司的业务员，天天抱着电话拉业务。门打不开，看来瑞霖也还没回来。

郑健今晚只好找个网吧，等天亮暖和了，再回去。

郑健路过超市，想买瓶可口可乐。一看两块五一瓶。摸摸自己的口袋，里面只有五块了。郑健忍了忍，从超市出来了。

郑健高中三年自学吉他,后来考上了当地的师范大学音乐学院,学习音乐。

郑健来北京,是想感受北京的音乐环境,试试自己的运气,看看能不能靠自己的原创音乐活下去。他已经来了三个月,没有人要他的曲子。带来的钱花得差不多了。现在每天勉强能吃上一顿煮面条加白菜。

和郑健住在一起的瑞霖是一个帅小伙,家境也很好。他不想靠着父母,就一个人来北京。瑞霖开始也做音乐,现在放弃了。瑞霖看郑健这么坚持,已经快吃不上饭了,就想帮郑健。郑健拒绝了。

郑健来北京也有幸福的时刻,那是同美萱、瑞霖一起去清凉谷的时候。美萱是郑健的初中同学,现在和郑健、瑞霖住在同一个小区。那天天那么蓝,水那么清,花那么艳,郑健都没注意,他只觉得美萱那么美。美萱是这世界上他见过的最美的女人!

回来的路上,美萱脸红红地对郑健说:"我喜欢上一个男孩,可他不知道。"郑健一下子就想到了瑞霖。"我想追求他,以前从来没想过自己会追一个男生。"美萱接着说。郑健说:"那是为了幸福。可以追。"美萱说:"我不介意他没钱、没房,只是觉得他好。"郑建回头看一眼走在后面的瑞霖说:"我知道一定是瑞霖。"说完,郑健的心里酸酸的。他有些嫉妒瑞霖,瑞霖人长得帅,经济条件又比自己好。美萱呵呵地笑,并不辩解。

这一天下起了雪,雪越下越大,渐渐地,大片的雪花撒满了城市的屋顶、草坪、树梢。

瑞霖、郑健两个人躺在床上。郑健兜里剩下的钱不多了,瑞霖想借给他,可郑健没要。

瑞霖说:"起床吧,我请你吃早点。"瑞霖也知道郑健的自尊心太强,他不会接受他的帮助。

"你自己去吧,我不饿。"郑健现在每天只吃一顿饭。他还是不想让朋友救济。

突然有人敲门,是美萱。她手里拿着早点进来,递给瑞霖。瑞霖说:"这么冷的天,我正准备出去。你自己吃吧。"

"我愿意给你买。"美萱的声音,又甜又亮。

"我是有女朋友的。和你说过了。"瑞霖一着急,竟然说出了这样一句话。

"你可以不吃,但是我天天买。我上班顺路。"

郑健想,这丫头真的开始行动了。

美萱放下早点走了。瑞霖说:"没见过这样的,放下我也不吃。"他转身对郑健说:"你吃了吧,别浪费了。"说着开门出去了。

郑健起床看见美萱买的早点,正是自己爱吃的油条豆浆。他想,自己要是不吃,瑞霖回来,也会把它们扔进垃圾篓的。

从这以后,美萱天天来。瑞霖不开门,她就把早点放在门外。瑞霖走后,郑健就开门把早点拿进来。

半年后,郑健的曲子终于卖了出去。他进入一个音乐院校当了外聘老师,有了收入。看着瑞霖每天给女朋友打电话约会,郑健觉得瑞霖对美萱太不公平,对瑞霖说:"美萱对你那么痴情,你太对不住人家了。"

瑞霖说:"你也要感谢她呀。人家给你送了半年的早点。哈哈……"

郑健想:"对呀,是应该感谢美萱。没有她的早点,自己可能坚持不到现在。"

郑健找到美萱,有点儿不好意思地说:"我向你坦白一件事情。"

"你半年的爱情早餐都被我吃掉了。"郑健有点儿难为情。

美萱捂着嘴笑着说:"我知道是你吃掉的。我说过要追求一个男孩。"

郑健说:"可惜瑞霖有女朋友了。也没帮上你。"

"我追求的不是瑞霖啊。"美萱看着郑健。

郑健傻愣愣地看着美萱说:"难道是我不成?"

这时郑健看见瑞霖慢慢走来。瑞霖拍着郑健的肩膀说:"美萱是怕你不接受早餐,才想出这个办法的。"

"今天你要请我一顿大餐啊!"美萱说。

此时,郑健的脸上泛出幸福的笑容。

钰 琪

夏笙躺在床上闷闷不乐,眉头拧成了一个大疙瘩。

女友钰琪一边打扫房间,一边说:"懒虫快起床。"

夏笙闭着眼睛说:"起床干什么?都失业了。"

钰琪手里捧着花瓶,小心翼翼地擦拭着说:"干吗这么愁眉苦脸的?"

"我养不起你了,你还是找个有钱人吧。"说着,夏笙抬起头来看着钰琪。钰琪手上的那个花瓶是她祖上传下来的。花瓶细

腻光滑的外表,像少女的肌肤一样光滑圆润。瓶体丰满的弧度,如女子的身材一样婀娜多姿。钰琪每到周末都要拿出花瓶来看看,仔细擦擦,然后放在书柜的最里面,外面用书挡上。

"我不用你养我,我是看上你这个人。"钰琪冲他妩媚一笑。这一笑让夏笙想起他们的相识。

去年夏笙陪客户在商场买纪念品。扶梯上,在他上方的一个长发女孩突然转过身来,对他妩媚一笑。他的心嘭地跳了一下。走出扶梯,他情不自禁地跟在女孩后面,连客户也忘了。

他追上了女孩大着胆子问:"能给我留个电话吗?"没想到女孩真的给了她。从这以后,两个人快速交往,成了恋人。

这时夏笙的电话响了,是他童年的伙伴二虎打来的,他说有一笔生意,半年利润翻倍。夏笙嘿嘿笑着:"老子没有本钱,拿什么投资?"二虎大声说:"这可是个好机会,你别说没有本钱,上次你喝多了,还说你女朋友有个古董。"

夏笙看看身旁的钰琪赶紧说:"你别说了,那不可能。"

夏笙没答应二虎,可是心里却惦记着二虎能挣一笔钱的话。他知道二虎认识做古董的朋友。趁着钰琪不在家,他把二虎带到家里。

"你把这件古董卖给我好不好?"二虎一看见这个花瓶就不加掩饰地说。

"能卖多少钱呢?"

二虎说:"我绝不讹你,50万元成交!"

夏笙说:"这可是钰琪祖传的宝贝,她不会答应的。"

"别告诉她呀,卖了花瓶,投资生意,半年利润翻倍,那时你可以把花瓶再赎回来。或者给她买套大房子,她肯定高兴。"

正巧钰琪说要去外地培训。夏笙想:"卖了花瓶,也是为了让钰琪生活得更好。"趁着钰琪不在家,夏笙叫来二虎。

当夏笙小心翼翼地捧起花瓶时,双手突然感到一阵透骨的冰冷。

晚上夏笙梦见钰琪问他:"你为何把我卖了?"钰琪满腔悲愤,泣不成声。

"我卖掉的只是花瓶,不是你呀。"

钰琪说:"你卖掉了它,就等于……"

"我是唐朝一个郡王的女儿,十五岁那年突然病故。我的墓中有一个花瓶,是我生前最喜欢的。我魂魄未散,就附在花瓶上。离开那花瓶我的魂魄将无所依。"

夏笙醒后,吓出了冷汗。这是真的吗?

夏笙找到二虎:"那个花瓶我不卖了。"

"一个老板已经买走了。"

自从夏笙卖了花瓶,钰琪就再也没有回来。夏笙用卖花瓶的50万元投资做生意也失败了。

在一个古董拍卖会上,夏笙看到了那个花瓶。它以1000万元成交,卖方是二虎。夏笙现在才明白,他被二虎骗了。

后来又听说,买主得到那个花瓶后,花瓶突然嘭的一声碎了一地。

"咕咕"的应答

小的时候,家里住的是平房。妈妈在院子里养了许多鸡。有一只毛色鲜亮的大公鸡,经常用爪子翻开泥土,如果发现有可吃的东西,它会拍着光亮的翅膀,满心得意而快活地"咕咕"叫着它的妻子儿女。

每个星期六,我就像听到妈妈"咕咕"的召唤,带着老公和儿子聚在妈妈的饭桌旁。在妈妈那里,我们得到了实实在在的招待。妈妈常常站起身,不容分说地把爸爸辛苦做出的、她认为好吃的菜放在我们碗里。这就剥夺了我自由选择的权利,有时成了一种盛情的虐待。我们用筷子做武器来抵挡,可是她出其不意的进攻总能解除我们的防御。妈妈看起来这一天不是自己在吃饭,而是让别人吃。她带着激情,好像招待远方的贵客。

妈妈关照最多的是我的儿子。她一次一次地站起身,好吃的东西在儿子的碗里堆成小山,好像吃的东西放到碗里就会被胃消化一样。我总是粗着嗓子毫无顾忌地对妈妈喊:"不要管他,您这样照顾他,将来他就不会吃饭了。"

这时,忙碌了一上午的爸爸终于有了插话的机会。他喜形于色地说:"你妈妈年轻时就吃不饱饭。"我知道爸爸是想引出一个新话题,也是出于好奇,便问:"那是什么时候?""六十年代,大学刚毕业。那时吃大食堂,不许吃小灶。吃得快的就能多吃,吃得慢的就吃不饱。"这时妈妈非常不满地反驳道："你爸爸总是大声说：'快吃呀，你看别人都吃完了！'大家都听见了，我可不好意思了。"妈妈用歌唱般的声音说着，好像三十多年前的事情刚刚发生一样。我总是不明白，多年的粗糙生活，为什么没有吞噬掉她的优雅。

我们都觉得爸爸当年的做法是正确的。那时经常有人因晚上偷着给吃不饱的孩子开小灶而遭到"大字报"的袭击。于是我们都说出赞同爸爸的话，让话语一瞬间开出三朵太阳花，向着爸爸微笑。

这种赞同，引起妈妈的"反感"，她开始"报复"。她要把话头从爸爸嘴里抢过来："谁像你爸爸那样没出息，知道哪一天吃饺子，天不亮就起来扫院子。""那是为什么呀？"老公没有听过这个故事，带着蒙眬的醉意问道。我因从小听过数遍，便满心欢喜地等待妈妈往下讲。妈妈声音中带着笑，那是一种抑制不住的高兴，让我们非常期待地等着往下听。

"因为他扫完了院子就可以多吃些饺子。"这时，我们跟着妈妈那讲了无数遍的故事纵声大笑起来，那是一种不拘礼节的大笑。我知道，这时已经到了故事的高潮，便故意问爸爸："您能吃多少饺子？"这时的爸爸像小孩得意地拿出一件新玩具，却又怕被别人抢了去当成自己的东西。但是爸爸并没有因此降低说话的兴致，也没有收回笑容，反而在笑容里增添了许多自豪，说道："五六十个。""听说您贴饼子能吃六七个。""能吃九个。"这时的爸爸又像变回了三十多年前那个身体好、胃口棒的小伙子，脸上荡漾着幸福的光泽。

快乐从饭桌上冒出来。听着爸妈的谈话，我无法阻止心里涌起的层层快乐。他们并不像在讲述物资匮乏的年代,而是在描述一种幸福体验。

星期六,我们把饭吃成一个回忆,就像小时候看见妈妈从樟脑箱子里拿出旧时值得珍藏的衣服,心里既兴奋又喜悦。在父母面前,我可以把心放平稳,我不会因为说错话而受到责备,也不会因为地位的卑微而受到冷落。我因为这顿饭而喜欢周六,而它前后的几天都跟着沾光,变成好日子。虽然我总是大声"斥责"妈妈,不要把她喜欢吃的东西都强行放到我们碗里,可是我的心里却得到了满足。妈妈因爱我而爱所有我爱的人。妈妈是想把世界上最好的东西给我的人。

我觉得自己像一只小鸡伏在爸妈的羽翼下,等待妈妈给我嘴里放进好吃的东西。我似乎听见我的喉咙里,也发出了一连串"咕咕"的应答声。

秋天有落地雷

儿子上了寄宿学校以后,老婆说要分床睡。开始程程没答应。他每天上班时老婆还在睡觉,回到家她也已经睡了。要是分床,那和光棍儿有什么区别。

后来老婆总是说他有烟味儿、酒味儿,程程一赌气,搬到儿子的房间睡了。

他每天晚上回来得更晚了。这样过了一段时间,老婆总在下班前给他打电话。

"喂,下班了吗?"老婆的声调硬硬的,像是单位的领导。

"正忙着。"程程的声音也很冷淡。

"晚上回来吃饭吗……"老婆像是不耐烦地问。

"不回去吃了。"他也很坚决。

"那我一会儿就睡觉了。"

老婆在电话里的语调,变得越来越不耐烦。

"冷战"继续着。程程在外面的应酬也越来越频繁了。

国庆节儿子放假回来,程程没有地方睡了。看到老婆还是一张冷淡霸道的面孔,他把自己的被褥搬到了书房。

老婆的脾气好像变得更加古怪了,她当着儿子的面也大声呵斥程程。

儿子开学后,他们仍然是一人一间房睡着。晚上程程总是估计老婆睡了才回家。

一次,晚上12点多了,程程回来时,发现老婆还在看电视。他故意装成喝多了,跌跌撞撞地回小屋睡了。

但是到了第二天下午,老婆又来电话了。她的声音很焦急:"你能早点儿回来吗?"

"怎么了?"

"听说今天晚上有大雷阵雨,我害怕。"老婆像是很害怕。

"怕什么,不就是打雷吗?"

"我妈说秋天有落地雷。我怕。"老婆的声音突然变得不那么强硬了,好像很无助。他说:"好吧,我早点儿回去。"

程程回到家后,发现老婆异常可爱地缩在客厅的沙发里,过去的嚣张气息一点儿也没有了。

程程犹豫地要回自己的房间,转头对老婆说:"回去睡觉吧,雷雨天也不能上网和看电视。"

老婆楚楚可怜地鼓着嘴说:"我不敢回去,一会儿打雷怎么办?雷能钻进屋子里。我就在这儿。"

"那好,我陪你回去睡,真是胆小鬼。"程程脱口而出。

他看见老婆脸上露出掩饰不住的笑容。

他把被褥搬回老婆的卧室。

这时,滚滚的雷声由远而近传来。突然一个闪电划过天空,程程知道一声巨响将在他们楼顶上方炸开。

程程突然看到他们卧室的窗户早已被风吹开了。他想去关上,还没来得及起身,只见老婆快步奔向窗户,在秋天的落地雷炸响的同时,从容地关上了窗户。

程程有点儿不解地看着老婆,老婆像是谎言被戳穿一样,有点儿难为情。程程突然感到了消失已久的温情。

窗外秋天的落地雷像礼炮一样欢腾。

自　首

宏宇拿着包准备去地下停车库,他要去外地躲躲。宏宇有一家公司,最近资金链断了。宏宇几个月没给工人发工资了。工人经常堵在他的办公室门口。趁着工人没有发现他的住处,他要出去躲避几个月。

宏宇来到自己的车旁,拿出车钥匙,刚要开车,从车的后面出来几个人,正是他的几个工人。他心里一惊:"坏了,工人追到家里来了。"他还是装出镇定的样子说:"你们干什么?想抢劫?"一个黑胖的大个子拦在他面前说:"老板这是要跑路啊!把欠我们的工资给我们。"

宏宇想把这个大个子的气势压下去,就用力把大个子往外一推说:"让开!有钱了自然给你们。"大个子被推得往后退了两步,差点摔倒。他冲上来同宏宇扭打在一起,嘴里喊着:"不给钱还打人,太黑心了。"几个工人见大个子同宏宇打在一起,也上来帮着大个子打宏宇。

宏宇被打倒了,头上流了血。宏宇闭着眼睛不动了,几个工人吓得跑了。宏宇想坐起来,突然听见脚步声。跑走的一个工人又回来了。是阿亮。阿亮是从南方来打工的,干活踏实,很少说话。

阿亮跑到他近前,拿出电话,拨通了120。

宏宇被送到医院,听说打他的工人都吓跑了。那个阿亮没有跑,一直在身边伺候他。

出院后,为了躲避麻烦,宏宇决定回老家养伤。那个阿亮说要跟着他回去。宏宇想,这个阿亮,是不是那些讨工资的工人派过来监视自己的?他不想让阿亮跟着他回老家,可是身边又没有人照顾他,找了几个护工都不合适。他现在还不能走路,外出靠轮椅,只好带着阿亮回乡下了。

到了乡下,阿亮每天给他按摩,把他抱起来,放在轮椅上,带他出来晒太阳。渐渐地,宏宇的双腿有了知觉。阿亮不在的时候,他扶着床站了起来,听见阿亮的脚步声赶紧坐下。他怕工人

们知道他恢复健康了，又向他要工资。

中秋节，宏宇拿出一沓钱给阿亮，说："过节了，回家看看吧。你照顾我这么长时间。这点钱你带回去。"阿亮的神色有点慌乱，含含糊糊地说："我家里没有人了。我不回去。"

晚上，宏宇听见睡在身旁的阿亮喊："姐，我不是故意的，我是想吓唬吓唬姐夫……"宏宇坐起来，他没有叫醒阿亮，他点上一根烟，慢慢地吸。

几天以后，阿亮买菜回来，见有两个陌生人在家里。宏宇的桌上放着高高的一沓钱。宏宇说："阿亮，谢谢你一直照顾我。我的腿也好了，能走路了，你看看。"说着站起来走了几圈。

"我把房子卖了，买方定金也给了，我先给你工资。等到房款都到了，我给大家的工资都发了。"

"我还是留下来伺候您，我什么都不要。能吃上饭，有地方住就满足了。"

"你有了钱，回家看看吧。"宏宇的语气很坚决。

阿亮向汽车站的方向走，汽车票不要身份证，他要到另一个城市打工。这时他收到一个短信，是老板宏宇发来的："去公安局吧，把钱留给姐姐。自首能减刑。你是误伤，好好改造，早点出来。"

阿亮看看晴朗的天空，迈开了脚步。

静静的湖水

天空碧蓝如洗,辽阔的湖面风平浪静,绿波荡漾。

湖边的柳荫下,他疲倦地闭着眼睛。

迷迷糊糊中,他能感到,不远处一个灰色的影子,趴在草地里一动不动。

他今年遭遇了一场撕心裂肺的感情经历,运气差到极点。

年初结婚旅行结束回来,上班的第一天,单位新来一个刚分配的大学生丁然,她身上有一股勾人心魄、神秘莫测的美。

一次夜场狂欢,凌晨1点,大伙儿陆续回家,就剩下他和丁然,他送她回家……

老婆发现了他偷情的秘密。这时孩子就要出生了,她没有和他大闹,只是劝他远离。

丁然不依不饶,天天下班去他家楼下等他。无论天气如何,弄得容颜憔悴,他也心疼不已。

老婆去他单位大闹一场,领导将丁然调去其他部门。老婆发动全家,亲戚朋友轮番上阵,要求他立即放弃这段感情。

他曾经算过命,说自己是"双妻命"。他觉得自己可能就是有两个老婆的命。

这时,他看见一只白色羽毛的天鹅走上岸来。天鹅长着黑黑的嘴巴,一对黑黑的眼睛分外醒目,仿佛一个身穿素衣的高傲

女子。

突然,出现了一个下巴尖、尾巴长的动物,他看出是一只狐狸。它把腰弯得很低,肚皮压弯了小草,紧紧贴着地面,尾巴拖得很远。它将头埋在草丛里,小心翼翼地向着天鹅移动。

狡猾的狐狸已经贪婪地张大了嘴,弓起腰部,把全身缩成一团,正要向天鹅扑去。他扣动扳机。

狐狸不见了,从天空中传来天鹅的叫声。那只天鹅颤动着翅膀,凝滞在空中,转眼掉了下来。天鹅的翅膀被击中了。

他没有击中狐狸,却把天鹅打伤了。天鹅忍着痛苦,展开受伤的翅膀。

他走近天鹅,嘴里念叨着:"我不伤害你,看看伤口,你不要怕。"然后掏出手绢,轻轻包扎它的伤口。

突然,他想起丁然两次喝药洗胃,一次割脉,几次去他家被他老婆打。那时他的心情极度暴躁,向丁然发脾气。然后又心里内疚。

他强迫自己挑老婆的毛病,对老婆的一言一行进行批评,只要有一点儿不对就无限放大,老婆忍无可忍,开始冷战,他们在近两年时间里没有一起吃过饭。

丁然开始对他不冷不热,他当时忙得应付离婚和饭局、牌局,对此毫无察觉,心里还是觉得她不可能离开他。

6月,他生日的前一天,他和老婆的关系已经走到尽头。他和丁然汇报,说马上要离婚了,明年就能娶她过门。突然她不愿意了……

他努力地想把爱情往老婆身上放,他发现他爱不起来了。他特别恐慌,他假设老婆离开了他,假设老婆也有情人了。可心里一点儿感觉也没有。他感觉到,他被丁然把心摘去了……

他发现天鹅那双惊恐的眼睛不是看着他,而是越过他,看他身后。他回头看,不由嚓嚓嚓后退几步,一屁股坐倒在地。就在离他三米远的地方,趴着一只牛犊子似的大灰狼,狼眼一眨不眨地盯着他。他坐在地上大气不敢喘,动都不敢动!

他身子缩成一团,默默等待着可怕事情的来临。一边是受伤的天鹅,一边是想吃掉他的恶狼。天鹅绝望地移动着。刚才它还怕他,现在它更怕狼,惊恐不已地想逃命。对于它,刚才是一只狼,现在是两只狼。

狼开始打滚,做着进攻的准备。惊恐的天鹅看到逼近的恶狼,向他移动靠拢过来,似乎在向他求救。

狼开始从鼻孔里发出威胁的呜呜声,身体弯成一个弓状。他紧张地咬住了自己的嘴唇。他听母亲说过,那是狼进攻前的最后一个姿势。

狼冲着他就扑了过去。他用鸟枪对准狼的脸开了一枪。狼歪了歪头,又扑了上去。他又开了第二枪,他的脸上布满了狼血。可是,狼忍着痛,第三次扑向了他。他对着狼的肚子又开了一枪。狼终于倒下了。

他看了看被打死的狼,没有一点儿轻松的感觉。相反,焦虑和恐惧偷偷袭上心头,他觉得,今天杀的好像不是狼,而是自己……

太阳升高了,湖面上波光粼粼。他向着梦的更深层跌去。

像三姑

我有四个姑姑,都很漂亮。天津解放的时候,大姑妈二十岁,白皙无瑕的皮肤透出淡淡红粉。她梳着一条大辫子,浓浓的眉毛下嵌着一双乌黑发亮的大眼睛。大姑妈在一个工厂当工人,被公认为厂子里最漂亮的姑娘。厂子里的工人很多,没有人敢追求她。

那时工厂里都有部队的干部。有位年轻的干部,多才多艺,人长得也帅气。许多女孩都喜欢他。一位厂子里的老大姐说:"听说你还是一个人,厂子里这么多漂亮姑娘,我给你介绍一个吧。"这位年轻的干部说:"谢谢大姐关心。这件事情我自己能解决。"没过多长时间,这位年轻的干部每天接送大姑妈上下班,像是大姑妈的警卫。后来他成为我的大姑父。

二姑人漂亮,还天生一副好嗓子。那一年"战友文工团"在天津只招三名独唱演员,其中就有二姑。

四姑最高。脱去鞋身高还有一米七二。照片上年轻时的四姑,真像一个新疆姑娘。

四个姑姑里,最漂亮的是三姑。她从小跟着爷爷学中医,是天津工人医院的一名医生。三姑的身材、容貌、气质都是无可挑剔的。在我们孙家几个堂姐妹眼里,天津再没有长出比三姑漂亮的女人。

我们几个堂姐妹里,也有容貌在同龄人里比较出众的,但是没有一个真正像三姑的。

比我大一岁的堂姐高鼻梁、深眼窝,从初中开始就有男生追求。那个年代,父母到学校接儿女的不多。他的父亲就要每天到学校接她,她才能摆脱那些男同学的纠缠。

堂姐到我家来过一次,正好一个男生在我家,本来是面无表情地来借书,看见她后,眼睛突然像是有两团火焰在跳跃。后来那个男生就吞吞吐吐地想要说什么,我问他:"你有什么事?说吧。"他说:"你堂姐没来?"我说:"她住得离我们家远着呢,不是经常来。"他就忸怩地掏出一封鼓鼓的信说:"你把这个交给你堂姐。"我一看就明白了,把信往他手里一塞,说:"你快别费心了,追求她的人多着呢。"

后来我和堂姐说,我们班男同学给他写了一封信。她只是轻蔑地笑笑。我说:"人漂亮,追求的人学校门口排成队了吧!"她也不掩饰,小嘴往上翘着,长长的睫毛颤动着说:"谁让咱长得像三姑!"

我的心里一动,看看她那高高的鼻梁,深深的眼窝,还有白皙的皮肤,真有点儿像三姑。

我的一位堂妹,五官长得很好,皮肤白,嘴又甜,很像红楼梦里的薛宝琴,奶奶总是搂着她说"这个孙女真好看"。听了奶奶的话,我觉得很自卑。这位堂妹从十岁开始,见人就仰着脖子说"我长得像三姑"。

在几个堂姐妹里,我是相貌最普通的,从来不敢和三姑有什么联系,也就常暗地里抱怨,为什么三姑的高颜值基因没有遗传给我。人长得一般,就好好学习吧。妈妈说:"给你买件新衣服吧。"我的回答都是："我不要,给我买书吧。"自己知道长得不好看,也就不追求外在了。从那时起,人也就变得一天比一天木讷了。

前几年在滨江道上遇到三姑,她穿着一件红风衣,虽然已是满头银发,容貌还是那样出众,似乎比当年更有风韵。我的心里还是想着："天津再没有比三姑漂亮的女人。"

与三姑告别的时候,她摸着我的脑袋说："这孩子越来越懂事,越来越漂亮了。当年你一生下来,你爸爸就给我打电话说:'生了个女儿,长得像三姑……'"

一枝红玫瑰

又到了探视的时间。她挤上开往监狱的班车。他刚刚被关进监狱的时候,她那种痛不欲生的感觉,现在已经渐渐消失。四年了,她习惯了等待。

她同车上几位熟悉的面孔点点头,心里想:大家都不容易。为了这短短的三十分钟,这些墙外等候的人,要等一个月或者更长的时间。

她坐在他身旁,紧紧靠着他,端详着他。他头发剃得光光的,身上是肥大的囚服,脸上没有以前的光泽,眼神也黯淡了。可是在她的眼里,他和以前一样英俊。

"去年天冷了,就让孩子的爷爷奶奶搬到咱们家里来了。"她说完,他感激地看看她,她知道他惦记的是乡下的父母。

"孩子这学期成绩不错,开家长会老师还表扬他了。"他又笑着看看她。他伸出一只手,摸着她的手背说:"辛苦你了。"

她从大背包里拿出一个套在棉袋子里的保温筒,这个棉袋子是她为了给他送饭,特意缝的。今天她的保温筒里还是他爱吃的三鲜饺子。他紧张地看了看站在一旁的狱警,见他面无表情,并没有注意他们。他快速接过她递过来的饺子,低着头狼吞虎咽地吃了起来。

他吃得很香。她满足地看着他,他还像以前一样,不问她是否吃过了。

"我给你带了红内裤和红背心。"她拿出一个塑料袋,细心地打开,翻出里面的东西,火红的,像一颗心。"今年是你的本命年,穿上它,好好表现,再减几年。"她看着他笑。

"嗯。"他简单应了一声。这是他习惯的说话方式,爽直干脆。

探视的时间到了,她依依不舍地走了出去。时间真是太短了,她犹豫了一下,心里像是有什么话还没有说。

他是因为一个女孩蹲的监狱,他想起那个长长睫毛、微微颤动着的单纯明亮的眼睛。在酒吧里,他第一次听见她的歌声就被吸引了。后来他注意到了她那双纯净的眼睛。他很久没有见过那么清澈的眼睛了。他经常去听她唱歌,不敢打扰她,只知道她是大二学生。

有一天晚上,她刚唱完《烟雨蒙蒙》,几个男人便在下面不停地尖叫,一个男人手里拿着一大沓钞票晃动着。那个女孩像是被吓到了,她转身要离开舞台。那几个男人突然上台把她拦住,台

下的人跟着一起大声附和着。

一个手臂上刺着龙头的男人拦住她。台下的人都很怕那几个人,连酒吧的老板也跟着讨好地笑。女孩挣扎着,往那人脸上唾了一口,把那男人激怒了,他啪啪扇了女孩两个耳光,把她重重地踹倒在地上。她倒在舞台的中央,昏过去了。

是他把女孩带了出去。他家里有一套空房子,让她住了下来。渐渐地,女孩开始依恋他,大学毕业也没有找工作。她要办公司,向他借钱。他鬼使神差地挪用了公款。女孩失踪了,带着巨款。四年没有她的消息。他怨她,但没有恨过她。他不相信那么单纯的女孩,会为了那些钱让他的下半生在监狱里度过。

突然狱警叫他的名字,他腾的一下站起来。狱警说:"这个给你,一个女人让我交给你。"是一枝罩在玻璃纸里包装精美的红玫瑰。"按规定这个不能送进来,那个女人求了我半天。破个例,今天日子特殊。"

他想起那个女孩,一定是女孩送来的,她是不好意思见他了。送一枝花来,表示她还没忘他。他把花贴在嘴边吻了一下。

她走到大墙外。那枝红玫瑰,是她早就买好放在包里的,刚才不好意思拿出来:今天这个日子她怕刺伤了他,她不敢提。

那个卖花的女孩说:今天是西方情人节。

工资涨了一倍

老赵最近苦闷死了。人教处公布的提拔干部名单里没有他。

老赵已经四十八岁了,这是他最后一次职务提升的机会了。这几年老赵跟在拼命搞政绩的领导后面写材料,搞应酬,节假日没休息过,领导有了业绩,成了市里、省里的先进典型,并且提升了,可是老赵趴在原地纹丝没动。

老婆没完没了地抱怨:"孩子、老人都没要你管,工作一辈子了,不为别的,提到正科,工资可以涨几百。"同事说:"老赵不懂官场上的潜规则,女人有潜规则,男人也有。现在提拔干部,谁看工作呀?"

老赵心里憋屈,心脏病犯了,医生给他的心脏做了搭桥,手术后血液在他身体里流得通畅了,心态也变了,他决定放弃过去的生活。老婆也想通了:"算了吧,别想着提正科、涨工资了,没有了身体,工资就是零。"

出院以后他找到了领导,提了一个条件:给我换一个轻松的岗位。于是他搬进了机关最偏僻的角落。没有会议通知,不用向谁汇报工作,就连他是否上班也没有人过问。

春节前夕,单位里突然来了许多陌生人,神神秘秘地徘徊在各个科室领导的门外。老赵知道,不会有人敲他的门,于是尴尬地起身去了父亲家。

他给父母做了一顿饭。父亲心满意足地吃过饭起身时,摇摇晃晃地要跌倒,老赵忙用力把父亲抱在怀里。

父亲被送到医院,医生护士表扬老赵:"现在陪老人吃饭的儿女不多了,如果不是老赵及时抱住老父亲,肯定抢救不过来了。"老赵听后真惭愧,这次要是提了正科,肯定没有时间给父母做饭,也就永远看不见父亲了。

父亲出院后,老赵搬到父母家里照顾他们的生活。

父亲不忍这样辛苦儿子,背着老赵去找保姆。

这一天老赵推门进来,看到一位介绍来的保姆撇着嘴说:"这样的家庭,伺候两个老人,工资不能少于5000元。"

老赵立马放下手里的菜,大声嚷嚷道:"找什么保姆?我来伺候你们,省下这5000元,等于我工资涨了一倍。"

房　子

结婚11年,我搬了4次家。每次为了增加10平方米的面积,我们一家像鸟一样,从一个枝头跳到另一个枝头,不知疲惫地搭建自己的窝。

记得两个人第一次领回"家"的钥匙。我站在楼下,望着那些明明暗暗的窗口,心里喜悦万分。

我们所住的4号楼,其实就是一个学生公寓。里面住的都是刚结婚的小夫妻,这座楼被叫成"鸳鸯楼"。

我们的家是三楼阳面的房间,只有16平方米,隔音很差,公共厨房,公共厕所,楼道里堆满杂物,可是我已经非常满足了。我在屋子里走来走去,然后回头对他说:"这里要发生多少故事啊!"我们住过的每一个"家"里,都有温暖的回忆。

后来每隔几年,我们就能搬到稍大一些的房子。房子其实都不算大,但是住得随心所欲。有朋友来时,我说赶紧收收拾吧,它就变成一个温馨的小屋;工作忙时,我说随它去吧,它就变成一个"狗窝"。

住房给我带来烦恼,是在5年前。那时我准备搬到一套50平方米的两居室。我抑制不住地兴奋,给我最好的朋友打电话:"我要搬家了,等我装修好了,请你来玩。"我的朋友说:"是吗?我也搬家了。这里空气挺好的,在开发区。120平方米。"我的兴奋一下子被冲走了。我对老公说:"咱们也买一套大房子吧。"老公说:"现在不是挺好的吗?两个卧室,有厨房、卫生间,比以前强多了。没有必要为买房降低生活质量。"

老公不同意,我们就没有买房的可能。我怕朋友来家里做客。窄小的房间,是一件让我尴尬的事情。

几天前,带儿子去学琴。回家的路上突然下起大雨。老公来接我们。九岁的儿子骑着车,穿着雨衣,跟着爸爸穿行在雨中。我的心情很不好,抱怨下课的时候赶上下雨。我沮丧地跟在他们后面。在路口,他们速度慢下来。我听到他们竟然在唱歌。我的心情一下开朗了。

父子两个车速再一次加快,像两匹骏马扬蹄飞奔。哗哗的雨声淹没了他们的声音。我在心里把他们欢快的声音放大了。心中的苦闷也一点点解开。我们要去的地方是我们温馨的家,虽然狭小,却夏可遮雨,冬能防寒。

雨水在我的两旁飞溅开,我的心情越来越欢快。我寻觅的快乐就在伸手可及的地方。心放开了,一切就都美好了。

50 块大洋

二奶奶是个大户人家的小姐。她的哥哥是清朝武举人。受哥哥影响,二奶奶从小习武,十几岁时,常常女扮男装在深山野林中骑马射箭。

二奶奶名字里有个"侠"字,她十七岁嫁到了同样家境殷实的二爷家,一生做了许多行侠仗义、救济穷人的善事。

那一年闹日本鬼子,二奶奶听说山里的游击队没有粮食和药品了,就对二爷说:"当家的,山里的粮食也就够个把月期程了。"

二爷盯着二奶奶看了一眼,说,"你又要往山里送粮食?"

二奶奶说:"夜儿黑界有人捎来信儿,我心里就不安生了。我想了想,这回我想给山里送 50 块大洋。"

二爷瞪圆眼睛:"快别生幺蛾子了,上回送五斗小米就害得我一个伙计白白被鬼子抓了壮丁,你都忘了?"

二奶奶说:"这回我自己送去,大不了黑了咱的钱。他们还能抓我的壮丁咋地?"接着,二奶奶也盯着二爷看了一眼,说,"是不是你心疼钱了?"

二爷使劲吹出一口气,嘴唇上面的小胡子忽闪着,说:"瞎说,我什么时候心疼过钱了?"

二奶奶嘎嘎嘎笑了,说:"当家的,看你又当真,这不是闹嗑儿吗?快快帮我想想办法,咋样才能赶着马车通过城南门前面的官道。"

二爷想都没想,说:"没办法,通往山里的路就那一条,就在城南门前面路过,你总不能飞过去吧。"

二姑忽地一下掀了被子,爬起来坐在炕上,说:"把车底的板子拆下一块,银圆藏里面。车上再放些好吃的,日本人都是贪吃鬼。"

二爷不吱声了,他心里明白,这娘儿俩都是"拧脖骨"。他拿过长杆儿烟袋把烟袋锅子里装满旱烟末,点上火,想着心事,吧嗒吧嗒抽起来。

二奶奶说:"就这样吧。游击队好几十号人等米下锅呢。"二爷叫来伙计,拆开车底部的一块板子,放入50块银圆,又把板子装上。

天亮前,二奶奶摘下翡翠链子,穿上一件用人的旧衣服,把二姑打扮成一个小村姑,娘儿俩赶着辆马车出发了。

出城的人一个挨一个地被检查,二奶奶喊了一声"吁"。两人跳下车来,二奶奶拉着马的缰绳,跟着人群往前走。"车上的是什么?"守门的小鬼子厉声问二奶奶。

"闺女生孩子,给她捎的鸡蛋和小米。"二奶奶心里打鼓,却装出平静的样子。

二姑坐在车上,屁股下面的车板里面藏着银圆。鬼子兵探过身用枪翻腾着车上的东西,指着一个盆子盖着的笼筐子问:"这个,是什么?"二姑连忙搂着笼筐:"太君,这个怕碎,是鸡蛋。"日

本兵推搡了二姑一把,抢过装鸡蛋的笼筐:"这个,留下。"

二奶奶连忙央求:"哎呀,这是给闺女的,闺女在乡下生孩子了。"

又一个日本兵走过来,对着车上的二姑喊:"小孩下车,车要检查。"二姑和二奶奶都慌了。

日本兵用大枪指着二姑:"快快。"

怕鬼子生疑,二姑从车上下来,一个日本兵用枪托翻腾车上的东西,开始在车上乱敲。车上的一条被子被日本兵从车上挑了下来。

二奶奶和二姑又着急又害怕,要是被他们发现藏在车板底下的大洋钱,大洋钱就会被他们抢走,就会让小鬼子占了便宜。

二姑想引开那个检查车的鬼子,就冲着那个拿鸡蛋筐的鬼子喊:"把鸡蛋还给我。"说着过去同他抢。二奶奶也装作跌跌撞撞地过来抢鸡蛋筐,一不小心摔在地上。一大把铜钱从二奶奶的口袋里散落出来。

翻动车子的鬼子听见有人喊"铜钱掉了",也转过身来。

这时一个伪军听见吵闹声跑了过来,二奶奶拉着他的衣襟,装作很心疼的样子:"太君要是稀罕鸡蛋就拿了去,铜钱是给闺女的,庄户人家苦筋拔力地攒两个钱不容易啊,好不好?"

伪军瞪着二奶奶和二姑,大喊:"别吵了。太君一会儿生气了。"一个鬼子抬起头来说:"你们,快滚,再不滚,枪毙了你们。"

二姑拉着二奶奶苦着脸说:"妈,咱们走吧,大姐还等着咱们呢。"

二姑扶着二奶奶坐上车,自己也跳了上去。她兴奋地喊了一声"驾"。马车吧嗒吧嗒地朝着山里跑去。

日　记

她整理抽屉的时候，发现了一个笔记本。她翻开看看，是一本日记。她挑了记得最多的一页看，是 2013 年 10 月 7 日的，整整写了三页纸。这一天应该是国庆节放假的最后一天。这三页纸都记录了什么呢？她很好奇地看了起来：

2013 年 10 月 7 日　晴

因为工作忙，我们好久没有包饺子了。他也想吃。可做饭的永远是我一个人。他在家里就是吃饭、睡觉、看电视，还有斜着膀子对着电脑打游戏。

平时我舍不得时间看电视。《好声音》这个节目快到尾声了。我想看，又怕浪费了两小时。突然想到，可以在看电视的时候包饺子，一举两得。两天前，在张惠妹组决赛时，我把两斤羊肉剁成肉馅。塔斯肯歌曲那宁静、忧伤的旋律，美得让人落泪，刘雅婷极具爆发力的嗓音让人难忘。我很满足这一晚上的收获，把剁好的肉馅装在塑料袋放进冰箱。

今天是汪峰组决赛，清秀腼腆的孟楠将一首莫文蔚的《爱》娓娓道来，情绪会在意想不到的时候爆发，表现得十分性感。看电视的时候，我手上没有闲着，把一节西葫芦切成丝，再剁碎，挤出水。拿出两天前放在冷冻

室里的羊肉馅,将切好的西葫芦与羊肉馅搅在一起,放上作料,最后加了半斤香油。面是下午就和好的。看完节目,我包了两盘饺子放在冰箱冷藏室里,留到第二天中午吃。

剩下的30多个饺子煮给他吃。煮熟的饺子味道实在是诱人,我忍了又忍,没吃。最近体重重了一斤。晚上更是不敢吃饭了。他低着头,架着胳膊,一句话也不说,只是吃。这种表情我知道,是我包的饺子好吃。可我还是歪着头问:"好吃吗?"他不答,还是低头吃。我不甘心,笑着问:"好吃吗?"他连连地点头,话语含糊不清地说着"好吃"。他等不及饺子凉了再吃。我想,等他剩下几个,第二天早上再吃。等我再看他时,饺子已经吃完了。他端着碗在喝饺子汤。我不生气,反而高兴,我做的饭,他吃得狼吞虎咽。

第二天中午,他从外面回来的时候,我正在网购,几次缴费都没成功,于是喊他去煮饺子。他从九岁起就会做饭。刚结婚时我什么都不会,是他教会了我做饭,他煮饺子比我做得好。

网上付了款,我到厨房,吃了一惊。他煮好的饺子放在盘子里,竟然有一半是破的。羊肉馅里没加水,一小块西葫芦也挤了水,怎么会破呢。

他已经开始吃了,还是架着胳膊,低着头吃,嘴里说:"破了,味道也不错。"我的坏脾气一下子涌了出来,像饺子一样破了。忙了两个晚上就为了这些?饺子变成了肉丸子和面片。一看就知道是因为煮的时间太长了。我站着看他吃,气堵在胸口,想用严重的方式告诉他。我气血一瞬间冲到头顶,我不想控制,说了一句头脑里没有想过,可是一直存在心里的话:"我不吃了,你自己吃吧!"我转身拿起一个糯玉米,咬了两口。我回头看了他一眼,他依然低着头吃,很享受,但是不看我。我的心里想让他说:"吃饺子吧,破的不多,你自己包的,尝尝吧。"可是他只是吃,不看我。我想,自己这样嚼着玉米,他可能以为我真的不想吃饺子。我想让他知道我的伤心与失望。于是我像被魔力支配一样,把玉米仍在地上,大声说:"我不吃了!"

我冲进卧室趴在床上哭起来,没有泪水,只是想让他知道我难过。我的声音很大,很刺耳。我是个坏脾气,小时候这样闹脾气是常事。不高兴了,把碗一推:"我不吃了。"跑进屋里,多半还要插上门。这时,坏脾气的妈妈反而脾气很温和,敲着门说:"乖,来吃饭吧,你想吃什么呀?开开门。"我会在忍无可忍的情况下,把门打开。妈妈端着饭和菜进来,还要另外加一样我爱吃的。我也不明白,那时妈妈正是更年期,脾气古怪而急躁,为什么在我发脾气不吃饭时,会低声下气地来求我。

今天不一样了。我委屈,双手抓着床单哭,尽量显得悲痛欲绝,让他来求我回去吃饭。我开始肯定不会答应,可是他要是摸着我的背,摸着我的头发,我的气就没了,慢慢地就笑了。

事情并不像我想的那样,在我已经没有力气再哭喊,想放弃的时候,我听见他比我更愤怒地吼叫:"神经病,就是一个神经病。"然后是瓷碗和玻璃瓶子摔到地上的刺耳噼啪声,摔碎了一个又一个。那刺耳的声音,压过了我的哭声。我的后脑勺发凉,觉得下一步,他可能要过来踢我两脚了。他果然走过来了,还是骂,没有走近我。

厨房里一片狼藉,碟子碗筷还有他没吃完的饺子碎了一地。我伤心极了。这次是真的伤心。我想拿起玻璃碎片在手腕上划一道,再划一道……

三页日记看完了。看日期,这是两年前记的。我怎么一点儿也不记得了,为了煮破的饺子,我竟然想过自杀。太不可思议了……

今年冬天不冷

老婆迟疑地从抽屉底层拿出3000元钱。这是她藏在那里准备交取暖费的钱。他们所在的城市今年取暖费每平方米涨了5元,整个房间的取暖费加起来,比去年要多交1000多元。

这些钱是她一个多月的工资。老公也有半年没有正常发工资了。今年的经济危机,严重影响到他公司的效益。由于前两年的扩大投资,他们已经欠下许多外债。夫妻俩从来没有像现在这样,感到手里的钱不够用。

她一边数着钱,一边无奈地对老公诉苦:"真舍不得拿这么多钱交取暖费,一天的取暖费要 20 多元。"

"第一个月不冷,有的人这个月没交取暖费。"老公的回答有些出乎她的意料,也让她有点儿兴奋。

"那我们第一个月也不交了。"老婆像抓到一根救命稻草。她平时就过日子仔细,被老公说成"小气鬼"。现在老公的话,让她从心里感到高兴。因为经济状况不好,老公也会省钱了。

对于他们夫妇,寒冷并不是最糟糕的事情,手里没有钱才是可怕的。能够省下 3000 元,挨冷受冻也值得。过去他们很少有意见一致的时候,现在他们共同决定为了节省开支,这个冬天不交取暖费了。

老公在院子里拉上一根粗绳子。在有阳光的上午,老婆扛着两床被褥晒在院子里,让它充分吸收白天的阳光。到了晚上,那温暖的阳光会慢慢地释放出来,让卧室里弥漫阳光的味道。

他们一天一天数着日子,准备坚持一个月不交取暖费。他们住的是一楼靠边的房子,到了晚上感到身上冷飕飕的。老婆开始怀疑自己是否做了错误的决定。

可是他们不能动摇。因为花了 200 元买了一个加热器,现在交取暖费,等于白白浪费了那 200 元。

下雪了。老公说,如果咱们能熬过这个雪天,说明今年冬天并不冷,今年就不用交取暖费了。

老婆在晚上烧开水,或者熬粥,以便在她看电视的时候,增加屋里的温度。晚上的水太凉,她把洗衣服、刷碗的活儿留到第二天早上做。

过去老公总是在老婆睡下以后,才醉醺醺地回来。现在他回

来得很早,他知道老婆等着他这个"火炉"。他们要躺在一个装满阳光的被子里,互相取暖。老婆发现,在他们冰凉的被窝里,老公变成了一个温暖的火炉,他从胸膛到脚趾都释放着热量,她把自己的凉脚,从他热乎乎的脚上移到他小腿上,像一个占了极大便宜的主妇一样满足。

在他们坚持了一个月以后,真正的冬天来了。白天已经没有阳光可以让被子取暖。在寒风凛冽的冬夜,她穿上臃肿的棉衣,睡觉时也穿着保暖的衣裤。她不能在老公面前表现出很冷的样子。她怕老公因心疼她,而放弃不交取暖费的计划。

于是穿着厚厚棉袄的老婆,每天都微笑着对穿着皮背心的老公说:"今年好像一点儿都不冷啊。"

老公也是很配合的。他骑30分钟的电动车到家的时候,总是说:"家里真暖和啊。"

一天,老婆在电视上看到,日本一些企业为了节省能源,退掉租住的房子,在花园里摆上桌子办公。员工穿着厚厚的棉袄,脸冻得通红。妻子得意地对老公说:"你看,我们节能的理念被日本人学到了。"

节省下3000元,是一个温暖的愿望。他们用这种愿望和这种来自心里的温暖来抵抗寒冷。他们在这个冬天,真的没交取暖费。

冬日在二月底逐渐卸下盔甲,变成疲惫的老人。温暖的空气也来到这个家。暖水袋、厚棉衣在家里已经不用了。

春天就要来了,他们好像忘记了已经过去的冬天的寒冷。忘记了每天期盼有阳光的日子。老婆一连几天都问老公同样一个问题:"今年冬天怎么不冷呢?要是总是冬天就好了。咱们可以

省下几千元。那些交了取暖费又嫌暖气太热,白天还要开着窗子降低温度的人真傻呀!"

黑名单

她知道妈妈有男朋友了。她是从妈妈的聊天记录中看到的。她看到了一个网名叫"秋日私语"的男人亲密而暧昧的话语。她不敢相信,五十多岁很少与人交往的妈妈竟然网恋了。

在她两岁的时候,爸爸跟别的女人走了。妈妈为了她,一个人做着几份工作。也许是对父亲的失望,她一直不同意妈妈再婚。她今年已经二十七岁了,最近和相爱两年的男友分了手。自己的婚事她并不着急,她年轻,还有一份不错的工作。可是,对于过去自己阻碍妈妈的婚事,她心里一直很愧疚。妈妈没有什么亲人,妈妈要找男朋友,她要替妈妈把好关。

她用自己的QQ号加了这个"秋日私语"为好友,进入了他的空间。他在年龄上填写的是四十五岁,可是空间上的照片很年轻,这就加深了她的担心。一个比妈妈小5岁的男人,怎么可能和妈妈真心相爱,成为终身伴侣呢?

她点击了他的头像,与他交谈起来:"您好,交个朋友吧。"

"好的,非常愿意。""秋日私语"回答。

"您有女朋友吗?"她问得很直接。

"有一个,她比我大几岁,很体贴。"

她的心里很高兴,这个男人还算诚实。但还是有些不放心,又问:"你打算和她结婚吗?"

"她给了我家庭的温暖,照料我的生活。我希望和她有一个家。但是她有一个女儿,她一直阻碍她母亲再婚。""秋日私语"有些担心地说。

她的心里更加欢畅了。妈妈真的遇上了心仪的男人了。

为了验证照片中的男人就是与妈妈聊天的人,她向"秋日私语"发出邀请:"能见个面吗,朋友?"

"好的,时间、地点由你定。""秋日私语"爽快地回答。

在一家浪漫的西餐厅,她见到了"秋日私语"。正是照片上那个人。他看起来比实际年纪要年轻许多,也就三十五岁的样子。皮肤和女人一样白皙且有光泽。说起话来体贴又周到。

她在心里接纳了这样一个父亲,她希望有这样一个父亲关爱和保护自己。

这次见面以后,她和"秋日私语"经常在一起。"秋日私语"也像对待孩子一样照顾着她,接受她的任性和撒娇。"秋日私语"经常在下班后接她,他们一起吃饭聊天。她和他开玩笑:"有你这样一个父亲多好。"他笑笑,笑得有点儿勉强。

她试探地问他:"同你女朋友进展到什么程度了?"

"她还没有对女儿说。过几天,中秋节的时候她让我到她家里,见她女儿。"

她在心里为妈妈祝福,对一家的幸福生活充满期盼。回到家里,妈妈对她说,中秋节的时候,要带男朋友来家里。她装作什么都不知道:"好呀,让我见见你的白马王子。"她在心里已经认定"秋日私语"就是妈妈的白马王子。

在中秋节的前一天,她打开电脑,点开了他的头像。她准备把事实的真相告诉"秋日私语",给他一个惊喜:"我有一个惊喜要告诉你。"

"我也有一个惊喜要告诉你。""秋日私语"说。

"也许是要送我什么礼物。"她心里想。"秋日私语"经常送她意想不到的礼物,她看成那是对她缺失父爱的补偿。

她想自己的惊喜一定会让"秋日私语"欣喜若狂,她要把这种惊喜留到最后,于是说:"你先说。"

"做我的女朋友吧!"

"什么?"她好像没有看清他写在屏幕上的话,"你不是有女朋友吗?她经常去给你收拾房间,给你做饭。"

"那不是爱情,而是一种母性的爱。你却不同,看不到你,我什么事情也做不成。在你身上我看到了缩小版的她。"

"你为什么不早和她说清楚,这样对她不公平……"透过门的缝隙,她看到妈妈忙碌着,在收拾房间,准备明天迎接"秋日私语"的到来。

"我已经把她拉入了黑名单,以后也没有什么联系了。"

"秋日私语"突然的变化让她有些不知所措。

"宝贝,说说你要给我的惊喜。""秋日私语"语气也变得亲热起来。

这时妈妈穿上一件性感T恤衫推门进来,有点儿难为情地问她:"女儿,我穿这件合适吗?"妈妈从来没有像现在这样开心过,也没有这样好看过,好像年轻了好几岁。

她的心变得很疼,妈妈的真情换来的不是爱情。这个人不是妈妈要找的人。

她一边笑着回答妈妈"这件衣服很适合您",一边慢慢滑动鼠标,然后突然将正在跳动的"秋日私语"的头像拉进了"黑名单"。

雾　绞

女子的血迹无规则地喷溅四周,男子则安静地倒在血泊中。女子在死亡前挣扎过,男子没有太多反抗。

走出解剖室,她觉得胸中有东西涌到嗓子眼。她咳嗽一声,想清清嗓子,没想到嗓子更痒了。她一声接一声地忍不住地咳嗽起来。

大学毕业后,她做了法医。男朋友是她的中学同学。她以为毕业后就可以和男友在一起了。她跟着男朋友去见他父母,男友的父母看见她很高兴,夸她漂亮懂事。到了吃饭的时候,才听说她是法医,气氛一下子就僵住了。男友父母的眼神变得惊恐,不安地打量着她。

她工作室里的那些尸体,不会那样看她。一个年轻漂亮的女人睁着一双大眼睛,她给女人解剖后,又给女人冲洗缝合。她写出了女人死亡的原因,女人就闭上了眼睛。饭后,她推说不舒服告辞。经过厨房的时候,她看见她吃过的碗筷被丢弃在垃圾桶里。

这以后,她再也没有交男朋友,其实,她女朋友也没有。她一个人在租住的房子里生活，一个人在解剖室里用小刀划开僵硬的尸体。

天就要黑了，空气很浑浊，她走进昏暗里。她脑子里想着那女人的左耳下方，颈部、项部、后脑勺等10处刀伤绕着头颈一圈分布。"这是什么样的仇恨？"她听见自己的喉咙里发出这样的声音。她自己也吓了一跳。这不是说话的声音，是咳嗽出的声音。

接下来她的嗓子又发出一串咳嗽的声音："男子右手大拇指处的刀伤，说明他是反握刀具。他是自杀的。"

"男子先杀了女子，又自杀的。"一阵咳嗽声，说出了她的推断。

"也许是情杀""双双殉情""仇杀""幸亏与男朋友没有到这步"，一阵纷乱的咳嗽声。

她奇怪自己一个人的生活，工作中的沉默。心事压在喉咙里竟然用咳嗽自言自语了。

她闭上眼睛，深呼吸。原来一切的嘈杂和一切的注视都被雾霾阻隔在一米之外。周围的世界是静悄悄的。这样她反而觉得自己很安全。

突然，她听见另一个脚步声，是一个男人沉重的脚步声，在她后面，隐藏在雾霾中。她回头看，什么也看不到。

脚步一点点近了，一个男人戴着大口罩，缩着肩膀，双手放在羽绒服的口袋里。他看了她一眼，犹豫了一下，继续向前走，走到她前面。她感觉他年龄不大，也许比她还要小几岁。

她的心怦怦直跳。她站住，屏住呼吸，用手捂住挎包，却没有忍住，突然咳嗽了一声。

男人听到她的咳嗽,转过头来。她停住没动,他却向她走了两步。这两步,两个人就面对面了。

他的眼睛看着她,一丝犹豫之后又镇定下来:"能借我点儿钱吗?"

"什么?"她确实没有听清。

男人又重复了一次:"请借点儿钱给我!"这一次又增加一个"请"字。

她想,是遇到打劫的了,她四周望望,想看到过路的人或是车辆,但什么也看不见。

她突然想起自己的包里有一把解剖的刀子,是新的,还没用过。于是手伸进包里,迅速拿出刀,大喊:"别过来!"

她的举动激怒了那个人,他一步跨过来,一手按住她的肩膀,一手夺下了她手中的刀,眼睛露出刀刃的寒光。

"闭嘴,不许叫!"男人举起刀。

她吓得闭上了眼睛,脑中闪现解剖室躺着女人头颈部的刀痕。这时她听见一阵剧烈的撕心裂肺的咳嗽声。不是自己的,是那个男人的咳嗽声。

手持解剖刀的男人,突然咳嗽起来,全身震动着,背部痉挛得弯了下去,满头大汗喘着粗气。刀扔在地上,口罩也抓了下来。

浓雾把两个人裹得更紧。她被浓雾推着向他靠近了些。

她拍着他的背,从包里拿出一瓶矿泉水,递给他。他抬起头。她看见他眼里有泪。她听见他的咳嗽声在说:"我想把心咳出来,那是一块石头!"

她发现这男人长得还挺不错的,尤其是他的手指,竟比外科医生的手指都修长。

"你咳吧!"她望着他的眼睛说。

一阵更加剧烈的咳嗽,他又弯下了腰。她听见咣当一声,是石头落地的声音。他说:"我的心真掉下来了!"她说:"是呀!"她扶起他,伸开双臂抱住他。

雾霾弥漫在两个人的周围,像是舞台上的聚光灯照亮的一点。

突然,男人拿起解剖刀,在她左耳下方、颈部、项部、后脑勺,连刺几刀,她被男人的袭击吓呆了,想夺下手术刀,但没有力气了。她被绕着头颈砍了10刀。她倒下,鲜血喷溅开。男孩反握解剖刀,在自己的脖子上深深地划开,慢慢地倒在她身旁。

一阵冷风吹过,雾霾渐渐散开。街道两侧的店铺显现了出来,马路上也有了车流。她的前面,一个瘦弱的男孩缩着肩膀,双手放在羽绒服的口袋里,慢慢地走着。

谁动了我的QQ号

媛媛被老公酒后打得最凶的一次,她发狠地说:"我要让你付出代价。"老公先是一愣,然后那张浮着一层油光的脸露出了阴险的笑:"你随便。"

于是媛媛迷上了网络,老公在与不在,她都上网。她要让老公知道,除了他,她还有另外一个世界。

这一天,媛媛打开QQ,一条要求加好友的信息跳了出来。她

拒绝了几次,那人还是来,后来发来了一条信息,原来对方竟是她的大学同学程立。

已经有12年没见过程立了。大学时,他是个苍白的有些瘦削的男生,听说现在在外地做生意,吃了不少苦。有人说,他是因为追求媛媛失败而去了南方。

"这些年我一直想着你。"程立说

"你见谁都是这么说吧?"媛媛回复,加上一个"笑脸"。

"毕业前的那天晚上,我在六楼楼顶等了你一晚上。你不来,我想不开,差点从六楼飞下去。"程立发了一个绝望的表情。

从这天起,媛媛每天都等待与程立在网上聊天。他们的聊天内容也一步步加深,很大胆,很放得开,也很暧昧。两个人仿佛只差一点儿火花,就要燃烧到一起了。媛媛喜欢这种感觉,像是两个人已经互相得到,又有一个想象的空间。媛媛的眼睛里渐渐有了一种光芒,这光芒让她这朵在老公无爱的暴力婚姻中凋谢了的花散发出幽幽的芳香。

一天,程立发来一条信息:"最近生意失败了,心情坏极了。我明晚到你的城市出差,住在九州大酒店。我们见一面吧,非常想念你。不要像12年前一样让我失望啊。"说完程立就下线了。

媛媛犹豫了,朝着黑黝黝的夜幕直愣愣地盯了好一会儿。程立的要求超出了她的期望,她不知道是不是应该去。

媛媛想起老公酒后无情地踢打自己时的恶毒目光,报复老公的情绪就替她做了决断。

约会的宾馆房间里,是暗昏昏的沉默。媛媛脸上滚烫,手指却是冰凉的。她不敢看程立的眼睛,怕他看出她不如从前漂亮了。

"你欠我的，我也欠你的，今天你要还债。"程立终于说话了。媛媛眼泪涌上来，一个人爱了她12年，是应该得到回报的。

他们倒在床上，银耳环戳着媛媛的脸颊。这时外面突然传来嘈杂的人声。

门被撞开，媛媛的老公带着几个人冲了进来，老公的手里居然拿着相机。

媛媛赶紧抓着衣服往身上盖。程立像是吓傻了，胆怯地坐着没动，恐惧使他的脸瘦得更可怜。

相机闪光灯闪得媛媛睁不开眼，她转过脸去，望着墙。老公拉了把椅子坐下，一只手撑着桌子，一手托着腮，抬高了眉毛，表情有点儿得意。几个陌生人沉着脸站在老公两侧，歪斜着肩膀，冷眼旁观。

屋子被挤得满满的，媛媛的心也被挤在一起。程立沉默着，媛媛只好开口辩解说："我们碰巧在这里遇到的。"

"碰巧？骗谁？"老公脖子一歪，头往后一仰，斜视着她。

"离婚吧，否则把照片寄给他老婆、生意场上的朋友，认识的人都寄一张。"老公锥子一样的目光，带着冷酷傲慢的眼神。

媛媛的心往下坠，是她害了程立。她转过身来，央求着老公："都是我不好，放了他吧。"

"协议离婚，我不揭发你，也免得你的同事和父母知道。"老公声音放大了，声音一高，人也跟着站了起来，脖子僵僵地拿出一份离婚协议书。

媛媛看了看吓呆了的程立，想到他生意失败的打击，怕他再做出轻生的举动。让程立逃过这一劫吧。媛媛狠狠心在离婚协议上面签了字。

离婚后,媛媛就不再上网了,也没和程立联系过。她没有想到自己的婚姻是这样结束的。其实在老公对她冷漠与暴力殴打时,就应该离婚。有一次,两个人为了争论炸花椒油是放水还是放油就打了起来。他把盘子扔过来,砸到她的身上,她胸前烫破了一大片。

媛媛整个人变了样儿,眼睛凹了进去,苍白的脸颊陷得很深,像是一朵路边被人遗弃的白玫瑰。痛苦中的媛媛打开电脑,想删掉过去的上网记录,却发现了一个叫"水狐狸"的人的QQ空间。这不是她好友的QQ空间,应该是老公忘记关掉的上网记录。仔细看"水狐狸"空间里的照片,原来是老公单位新分配来的女学生。空间里面还有一张让她触目惊心的合影,竟是她老公和这个女人搂在一起的照片。

老公也上网聊天?也有情人?媛媛联想到最近老公的暴力,原来家庭暴力与捉奸都是为了迫使她离婚的预谋。媛媛懊悔自己的愚蠢,更悔恨不应该连累程立。

她不想遇到老公和那个女人,不想在这个城市待下去了。离开前,她收拾房间的时候,在老公扔下的一个旧书包里,发现了一张5万元的汇款凭证。媛媛想不起一年前老公要用这5万元来做什么,看看收款人的名字,她看了几遍才看清楚,写的是程立。

中国最优秀的母亲

晚上我一边吃饭,一边同儿子闲聊。儿子含糊地说了一句什么,我没听清。我一面忙着家务,一面对站在一边、有些羞怯的儿子说:"和你说过多少遍了,说话口齿要清楚,你总也记不住。""祝您母亲节快乐!"儿子重复了一遍。这次我听清楚了。"噢!谢谢你,好儿子。你还知道今天是母亲节呢!真是长大了!"

"妈妈,我要送给您一件礼物。"儿子又说。

"不用了,乖儿子。吃完饭,快去写作业吧。"

"不,我要给您一件礼物。"儿子执拗地说。"那就帮我干点儿活吧。把我的袜子洗了吧。"我找了一个简单节省时间的活儿让他干。

"好吧!"儿子很少这么痛快地答应干家务。

吃完饭,我看见儿子在卫生间弓着背,脸快要贴到盆上。他很费力地给我洗一双丝袜。他很少干家务,干活的样子很难看,像是在受罪。我心里想:下一次他洗衣服,一定要让他挺起胸来。还有他平时总是站不直,同别人说话时眼睛也不注视对方,这些毛病都要一点点改掉。

"妈妈,我把这件上衣也给您洗了吧。"儿子手里拿着一件我的衣服给我看。我看了看说:"不用了。"

"我已经洗了。"过了一会儿,儿子喜滋滋地从卫生间里探出

大脑袋。

儿子拿着洗好的衣服去晾。我看了看留在盆里的水,还是浑的。看来他只是把衣服在浑水里涮了涮,根本就没洗干净。明天我自己还要再洗一次。

"儿子需要锻炼的地方太多了,什么时候能成为一个我心目中学习、能力都优秀的孩子呢?"我真有点儿发愁。

儿子写了一会儿作业,回头对我说:"我送您一件礼物吧。""不用了,快写作业吧,你写作业总是这么不专心。你不是给我洗袜子了吗?"我一边看书,一边无心地回答。

"不,我给您礼物。"儿子固执地回答。

看来我拗不过他,为了不耽误他的时间,我只好答应说:"好吧,不过快一点儿。写完作业,把明天的功课预习一下……"

"您有红纸吗?我给您发个奖状。"

"发奖状?"我想这个主意不错,不浪费时间,又完成了他送我礼物的心愿。

几分钟后,儿子递给我一张纸,上面工整地写着:"奖给'1998—2009年度中国最优秀母亲'。"

太让我感动了。我不敢直视儿子的目光,怕他看见我涌向眼眶的泪花。

这个荣誉太高了。心情稍微平静一些后,我一边揉搓儿子被初夏阳光晒黑的脸,一边对他说:"儿子,你太有创意了,谢谢你!"

在母亲节这一天,我得到了世界上最高的奖赏,虽然是儿子写在红纸上的几个字,我却非常珍视它。它胜过我过去得过的大大小小、或红或紫的装点精致、考究的奖状。

在我眼里,儿子是一个有很多毛病需要改正的孩子。他不做家务,不吃葱花,说话口齿不清,吃饭时头总像是要埋在碗里……可是在儿子眼里,我却是天下最优秀的母亲。儿子给了我一个对于母亲最好的赞扬。

这样的荣誉不是每个母亲都能得到的。

"妈妈给我倒杯水来。"我的"懒儿子"笑着吩咐我说。

"好吧!"我一边小跑着去倒水,一边想:"哎呀,要做一个真正的优秀母亲。一定要继续努力,一定要继续努力呀。"

自行车换楼房

一次朋友请客,遇到了老同学沁柔和冯超两口子。他们工资都不高,却在一个一线城市,过上了有车有房的生活。我估算了一下,他们的房子,按照现在的房价,需要他们一家三口不吃不喝50年才能买下。

我很奇怪他们是怎么挣到钱买的房。

沁柔开玩笑似的说:"我们的房子和车子是用三辆自行车换来的。"

我有些不明白,问:"难道你们的自行车是古董?是挖掘出的价值连城的文物?"

冯超是一个很严谨的人。他打断老婆的话,补充说:"我们的房子是6年前买下的,那时的房价只有现在的三分之一。我们

那时住在郊区,我们的交通工具是三辆自行车,周围的朋友都有车了,我们手里的钱也可以买一辆车。可是老婆提出来要买一套房子,而且要在市中心,离市里的重点高中和父母近一点儿。"

沁柔接着说:"他开始不同意,觉得只要有一个窝就能生存。父母就是这样过来的,再说他总觉得房价过几年会降下来的。"

"冯超一直认为房价会下降。"沁柔加重语气强调着。

"我认为应该先有房子,车会慢慢降价的。我们用买车的钱,交了首付款。"

女人的直觉有时是对的。6年里,全国的经济发生了巨大变化。物价、工资都跟着一路上扬,房价更是高得吓人,只有汽车的价格是向下走的。

"我们一家三口那几年是挺辛苦的。孩子也自己骑车上学,别人的家长都是开车接孩子的。孩子也闹过,说别人家都有车了。"

"那你们的钱都用来买了房,又是用什么买车的?"我还是好奇。

"我买了房子以后,房价就上涨了。我们就卖掉那套房,用挣的钱买了一辆车。然后继续交首付,贷款又买了一套房。"

"你真是会理财!"我感叹着。

"我这个人,不虚荣,要是和别人攀比,也就先买车了。"沁柔显得很得意。

"我们车子的款式和性能都比6年前的要好得多。儿子也进了离家很近的重点中学。"

"我现在每天站在落地窗前,看着冯超发动汽车接送儿子上学,就想:我们一家的辛苦没有白费,我们用三辆自行车换了一套楼房,还有一辆汽车。"

"别看她智商不高,过日子倒是蛮精明的。"坐在一旁,有点儿微醉的冯超说。

玉芝和小英

老局长的老伴儿生病住院的时候,老局长给老伴儿找了两个保姆,玉芝和小英。老夫人出院后,两个保姆都被带回了家,玉芝做饭,小英照顾老夫人。玉芝和小英是老乡,玉芝五十多岁,老伴去世,儿子一家住得不远。她说到这里来当保姆,也是为了离儿子、孙子近,能够经常看见孙子。

这天玉芝在厨房里接了一个电话:"正做饭呢,出不去。你先回去吧。"

老局长问:"和谁打电话呢?"

小英推着轮椅上的老夫人正从外面回来,对着玉芝说:"你儿媳妇在外等着你呢。"

玉芝有点儿不好意思:"让他们等一会儿。我做完饭就出去。"老局长从窗户向外望去,果然看见一个少妇抱着一个小男孩。就说:"去吧,看看有什么事没有。"

小英说:"你去吧,我炒菜。"

"她不应该出来当保姆,她儿子上班,儿媳妇一个人弄不了孩子。其实这些活儿,我一个人也能干。"小英等玉芝出去后,一

边擦着书柜,一边对老局长说。老局长像是没听见小英说什么,却说了句:"擦书柜小心啊!里面的花瓶可是古董。"小英看了看,一排书的后面,藏着一个蓝色花瓶。

过了几天,老局长看见玉芝又在接电话,还用眼睛看他。她嘴里说着:"不行!不行!正忙着。"

老局长说:"是不是孙子又来了?叫他进来吧。"

"那多不合适呀,哪能把孩子带到东家。"

"没关系,带进来吧。我的孙子都大了,也没时间来。我也喜欢孩子呀。"

从这天起,玉芝的孙子就经常来,老局长哄孙子玩,玉芝做家务活。

小英每次看到玉芝的孙子来,都很不耐烦,说:"玉芝姐的儿媳准是打牌去了,把孙子扔给婆婆带。她儿媳妇在老家就爱打牌。"老局长不听小英的唠叨,把玉芝的孙子围在腿中间,戴着老花镜给他讲故事。

老夫人被小英推到客厅,看见老局长正在哄着玉芝的孙子,就说:"咱们孙子小时候,没见你这样有兴致。"

老局长摸摸孩子的头,从水果盘里拿起一个橘子,掰开递给孩子:"那时我不是还没退下来么。"

玉芝买菜回来说:"这孩子,同爷爷真亲。"

小英推着老夫人走进卧室,有意无意地对老夫人说:"瞧瞧,像一家人一样。"

老夫人沉着脸:"别乱说。"

晚饭后,老夫人对老局长说:"我现在恢复得差不多了,家里用两个保姆开销太大。要不辞掉一个吧。"

"好,听你的。辞掉谁呢?"

"玉芝年纪大了,家里还要照顾孙子,让她回去吧。"

"可是小英不怎么会做饭啊。"

"小英年轻,照顾我顺手了。"

第二天老局长叫来玉芝,说家里负担不起两个人的费用。

"我不走,要不,我不要工资。我给您做饭,您管吃管住就行。我没有地方去。"

老局长看没法儿说动玉芝,就只好答应了。老局长用夹子掰核桃。小孙子在一旁。玉芝说:"老局长,我来吧,您眼神不好,别伤了手。"玉芝用夹子夹,老局长把夹开的核桃仁拣出来。小孙子把掉在地上的核桃仁拾起来。

老夫人喊着小英:"走,咱们出去,别影响人家。"小英推着老夫人在小区的花园坐下,侧过头,对老妇人说:"像玉芝姐这样的人多了,电视都演过,保姆嫁给老先生的。""你别说了。"老妇人生气地扭过脸。

小英和玉芝的关系好像越来越紧张。老局长从他们住的客房经过,听见两个人争论得挺激烈,是用他们的家乡话,老局长听不太懂。有时候听清一两句,是小英说让玉芝回去。玉芝说:"要走一起走。"

老局长对老夫人说:"以后咱们找保姆,通过家政公司,要签合同。"

玉芝出去买菜,小英拿着一个大包裹,对老夫人说:"我家里来电话,说是有急事让我回去。"老夫人有点儿恋恋不舍地说:"好,那你早点儿回来。""放心吧。"小英说着,急急忙忙地走了。

老局长问老夫人:"小英怎么这么着急?""她家里有事,这孩子不错,比玉芝强。"老夫人忍不住夸道。

小英出去不久,玉芝回来了。老夫人奇怪地问:"你怎么拿着小英的包?她不是回家了吗?"玉芝把小英的包放在桌上,然后说:"我这些日子不走,也是因为这个。她就是这个毛病。东西放在这了,我也要去给儿子看孙子了,儿媳妇找了个工作。"说完走了出去。

老局长走过来,打开小英的包,里面装着那个蓝色的花瓶。

仕女图

"在旗的垮了台,打鼓的发了财。""打鼓的"走街串巷,有时还真能收到一些珍稀的书画碑帖。

康老板夫妇喜好收藏。他们看中了的名家书画,便会想尽办法收藏。"打鼓的"手里有好货,就会拿给康老板看,由他先选。这一天,康先生在"打鼓的"手里收了一幅《仕女图》。

画上一个高髻簪花女子,右手持纨扇,左手擎一枝牡丹,露出无限眷惜之意。仕女形象娟秀端丽,眉目和发髻勾勒精细,晕染匀称。

康先生得到的这幅画,确实是宝贝,是绝世珍品。这幅画是唐伯虎的《仕女图》。康先生夫妇得到了画,高兴得三天三夜睡不好觉。可是康先生夫妇不知道,这幅画,被日本特务原田町上了。自从收了这幅画,康先生夫妇就接二连三地遭遇麻烦。

收了这幅画的第二个月,康太太同女朋友从绸布店出来,突然一声枪响。康太太没有反应过来,女朋友已经倒在血泊中。康太太赶紧把女朋友送到医院。医院尽全力抢救,也没抢救过来。

康先生扶着太太战战兢兢地回到家。家里的用人跑出来说,刚才来一帮劫匪,把家里的保险柜打开了。康太太大叫:"劫匪是冲着画来的。画没了!"康太太失魂落魄地坐在地上。

康先生小声地在太太耳边说了几句。不知康先生说的是什么,却见康太太露出高兴的神情。原来康先生把画转移到了农村亲戚家里。

十多年过去了,康先生夫妇暗地里商量着,可能日本人已经忘了这张画了。康先生让康太太化装成农妇,带着两个用人,把画取回来。为保险起见,去的时候他们坐的是船,回来的时候坐的是火车。

康太太刚刚坐进火车的包厢里,就有人送来一张纸条:"车上有鬼。"康夫人不管这张纸条上写的是真是假,立即吩咐随从带着装画的箱子下车。就在康夫人下车不久,日本人包围了火车。车上的人都被赶了下来,行李被逐一搜查。

康先生夫妇庆幸又逃过了一次日本人的魔手。这幅画在亲戚家里放了十多年,康先生夫妇怕被人换过了。他们决定,找个鉴定专家来鉴定真伪。

他们找到当时赫赫有名的鉴定专家徐先生。徐先生打开这幅画,大吃一惊,吩咐小伙计看看外面是不是有人盯梢。康先生说:"请老先生鉴定一下这张画的真假。"徐先生说:"康先生要是信得过我,把画留下,三天后来取。鉴定最快也需要三天。"

康先生与徐先生认识三十多年了,当然信得过他。于是答应

把画留下。

三天后徐先生把画交给康先生,并且说画是真的,确实是唐伯虎的真迹。

康先生知道日本人不会轻易放过这幅画。他想到一个藏画的好地方。康先生哥哥家里有一个地下室。康先生夫妇与哥哥一商量,哥哥同意把画藏入地下室的保险柜。康先生夫妇觉得这样就可以放心地过几天舒服日子了。

突然有一天,康先生哥哥家里冒出浓烟,是从藏画的地下室冒出来的。大火片刻蔓延起来。这又是日本特务原田干的。原田派特务用特制的切割器打开地下室,撬开保险柜,盗走了《仕女图》。为了掩盖盗画罪行,特务还点火焚烧了现场。

得到《仕女图》的原田回到了日本,以为可以风光无限了。但此时一个名叫田中的日本情报处官员对这幅画的墨色和纸质提出了质疑。后经几位日本文物专家鉴定,证实这幅《仕女图》是高手的仿品。于是,原田被指责为"日本鉴古史上最愚蠢的妄动者"。原田在中国追踪这幅画30年,最终得到的是赝品,他接受不了这样的结果,在一个漆黑的夜晚跳海自杀了。

康先生自从画被日本人抢走,就卧床不起了。康太太每日伺候着。听说日本人抢走的画是赝品,康先生夫妇也纳闷了。他们思来想去,不知哪个环节出了问题。最后,他们想到会不会是古董鉴定师徐先生把《仕女图》掉了包。

《仕女图》没有落到日本人手里,康先生的病好像好了一大半。他起了床,坐车到了鉴定师徐先生家,发现徐先生家的大门紧锁。原来徐先生早已经搬了家。